Ich lege meine Hand auf dich

mit guten Wünschen

Helmut [signature]

Helmut Mogge

Ich lege meine Hand auf dich

1. Auflage 2012
© Miriam-Verlag • D-79798 Jestetten
Alle Rechte der deutschen Ausgabe liegen beim Miriam-Verlag.
Satz und Druck: Miriam-Verlag
www.miriam-verlag.de
Printed in Germany
ISBN 97-3-87449-390-1

Inhaltsverzeichnis

Einführung 7

1. Alles hat seine Stunde (Koh 3,1) 11
2. Ich lege meine Hand auf dich (Ps 139,5) 20
3. In der Mitte der Nacht 45
4. Zahllos sind die Wege Gottes 63
5. Vergänglich hast du geschaffen den Menschen
   (Ps 89,48) 102
6. Zerbrochen wird das Joch (Jes 9,3) 121
7. Du machst groß ihren Jubel (Jes 9,2) 140
8. Ruchlosigkeit lodert auf wie ein Feuer (Jes 9,17) 166

Epilog 183

Glossar 189

Einführung

Die Heiligen Drei Könige werden als die „Weisen aus dem Morgenland" und als Sterndeuter bezeichnet. Vielleicht kamen sie aus Babylon, einem antiken Zentrum der Sternenkunde. In der griechischen Fassung des Neuen Testaments wird von „Magiern, die aus dem Osten kommen und einen aufgehenden Stern sahen" berichtet. Deshalb wird auch vermutet, dass es sich um Chaldäer gehandelt haben könnte. Da sie in bildlichen Darstellungen oft mit phrygischer Kopfbedeckung zu sehen sind, könnten es auch Syrer aus dem persisch-medischen Raum gewesen sein, vielleicht aus Hamadan, einem damaligen Zentrum der Astronomie.

In Südindien gibt es eine alte Überlieferung, nach der ein Radscha Gaspar Peria Perumal von Jaffna nach Mascate aufgebrochen sei, um dort zwei Weise zu treffen und mit diesen gemeinsam nach Palästina zu reisen. Es ist diese Tradition, die in dem Roman aufgegriffen und zum Leben erweckt wird.

Alle beschriebenen Orte sowie die kulturellen und politischen Hintergründe, angefangen von den Handelswegen und Reiserouten, der Situation im Römischen Reich bis hin zu den machtpolitischen Verhältnissen im Hause des Herodes sind historisch belegt.

Über das Geburtsjahr Jesu ist die Wissenschaft sich nicht einig; in dieser Erzählung wird das Jahr 7 v. Chr. angenommen, es wird davon ausgegangen, dass Herodes, der König von Judäa, im Jahr 4 v. Chr. gestorben ist.

Der Aufgang des Sternes, von dem der Evangelist Matthäus schreibt (2,1–2), war auch dem Astronomen J. Kepler bekannt, der für die damalige Zeit eine dreimalige Begegnung von Jupiter und Saturn berechnet hatte. Seine Berechnungen werden von der Auswertung spätbabylonischer Tafeln und Kalendarien gestützt. Das erste Erscheinen des Jupiter wurde von den Weisen als bedeutsames Ereignis zum 16. März des Jahres 7 v. Chr. erwartet. Berühmt ist der Sternenkalender von Sippar am Euphrat, der die Konjunktion von Jupiter und Saturn im Zeichen der Fische im Jahr 7 v. Chr. in allen Phasen vorausberechnet hat. Wenn also Matthäus schreibt: „Wir haben seinen Stern im Aufgang gesehen", ist damit der Frühaufgang des Sternes zu diesem Datum gemeint.

Dass diese dreifache Konjunktion im selben Sternbild von den Weisen als Hinweis auf die Geburt eines großen Königs in Palästina verstanden werden konnte, wird deutlich, wenn man beachtet, dass damals Jupiter als Königsstern, als Stern des Weltenherrschers betrachtet wurde. Der Saturn wurde bei den Babyloniern mit dem Land Syrien in Verbindung gebracht, bei den hellenistischen Sterndeutern mit dem Volk der Juden (vgl. Am 5,21–26). So kamen die Weisen zu Herodes, dem König von Judäa, dessen Hohenpriester und Schriftgelehrte Betlehem als Geburtsort Jesu angaben (vgl. Mt 2,8).

Das jüdische Jahr begann mit dem Monat Nisan. Als die Weisen in Jerusalem ankamen, leuchtete Jupiter bereits im zweiten Jahr, wenn man nach damaligem Brauch angebrochene Jahre wie ganze zählte. Die von den Weisen gegebene Auskunft über das Datum des Aufganges schien darum dem König (Herodes) ausreichend, den Mordbefehl auf zwei Jahrgänge auszudehnen (vgl. Mt 2,16).

Einer Legende nach wurden die Gebeine der Heiligen Drei Könige von der heiligen Helena während einer Pilgerfahrt in Palästina um das Jahr 326 gefunden und als ein Geschenk für Bischof Eustorgius nach Mailand gebracht. Im Jahre 1164 kamen die Reliquien als Geschenk von Kaiser Barbarossa an den Kölner Erzbischof Rainald von Dassel nach Köln, wo sie noch heute in einem Reliquiar im Dom aufbewahrt werden. – Um welche Reliquien es sich hierbei tatsächlich handelt, ist noch ungeklärt.

In der Darstellung symbolisieren die Heiligen Drei Könige oft die drei Lebensalter und die drei Kontinente Europa, Asien und Afrika. Ihr Hochfest wird in der Kirche am 6. Januar begangen, an diesem Tag (liturg.: Epiphanie, Theophanie) feiert die Kirche das Sichtbarwerden der Göttlichkeit Jesu in der Anbetung durch die Magier, in der Taufe im Jordan und im Weinwunder von Kana.

Stimme im Dornbusch

Streife, wem sie gilt,
die Schuhe ab und krümme sich und schlage
den ganzen Mantel vors Gesicht und sage
in seinen Mantel: Herr, ich bin gewillt.
Auch wer das nicht begreift, was ihn beruft,
der sei bereit. Es wird ihm in das grade
ungangbare Geheiß aus voller Gnade
ein schmaler Pfad hineingestuft.

Rainer Maria Rilke

1. Alles hat seine Stunde (Koh 3,1)

In heftigen, ungebändigten Stößen wehte der Monsunwind von Analaitivu herüber, so stark, dass Gaspar meinte, auf seinen Lippen den salzigen Geschmack des Meerwassers zu spüren. In der Dämmerung des vergehenden Tages lag die Lagune wie ein riesenhafter Stein unter ihm, kaum noch erkennbar. – Der Radscha liebte diesen Ort; oft war er hier, wenn der Abend hereinbrach, und fast immer schickte er die Leibwächter fort, sobald er den Palast verlassen hatte. Bei Gefahr verließ er sich nicht nur auf seine Leibwache, sondern auch auf seinen von der Vorsicht geleiteten Verstand. Wer sollte ihn, den Radscha Gaspar Peria Perumal, so sehr hassen, dass er seinen Tod wünschte? Entsteht nicht Hass nur auf dem Boden der Unterdrückung?

Nein, niemand konnte behaupten, der Radscha von Yalpanam verachte seine Untertanen oder lege ihnen würgende Steuerlasten auf. Er liebte sie, und sie brachten ihm ihre Liebe und Verehrung entgegen. Seit sein Vater auf dem Krankenbett lag, trug er schwer an der Bürde der Verantwortung für die Einwohner seines winzigen Reiches, die ihre Büffel über die Reisterrassen trieben und ihren Lebensunterhalt mühsam aus dem Verkauf der Ernte in den Süden der Insel Lanka bestritten.

Lanka! Strahlend schönes Land der roten Lotosblüte! Auf riesigen Elefanten sind Krieger vor Menschengedenken aus Bharata gekommen, sogar aus den unermesslichen Weiten des schneebedeckten Himavant, um die Insel zu erobern und Frauen und Kinder wegzuschleppen. Aber hier, in Yalpanam, wachsen nur Reis und schwarze

Palmyrapalmen; jämmerlich dünn ist die Schicht fruchtbarer Erde. Nein, dies ist kein Land, das Eroberer anziehen könnte. Erst in der königlichen Stadt des Herrschers Bhatrikabhaya, in der schon so viel Blut geflossen ist, würden sie auf rätselhafte Schönheit und verschwenderischen Reichtum stoßen. Ja, schön und begehrt bist du, Anuradhapura, du stolze Stadt der Lilien und Magnolien, schön wie eine Lotosblüte in den Händen eines Mädchens. Schön bist du durch die Frömmigkeit deines Maharadschas Bhatrikabhaya. Tempel um Tempel errichtet er und lehrt die Bewohner deiner Hütten und Häuser, die Götter zu ehren und in Frieden miteinander zu leben.

Gaspar lehnte sich gegen den kühlen, glatten Stein der dreigeteilten Rundmauer, die die Dagoba umschloss und mit kunstvollen Skulpturen geschmückt war. Der Wind hatte an Heftigkeit zugenommen, schäumend tosten die Wellen gegen das Ufer. Warum war er in seinen Gedanken immer wieder in Anuradhapura? Die Stadt war ihm zum Schicksal geworden; die Götter hatten es so gewollt. Am Fest des heiligen Feigenbaumes hatte Bhatrikabhaya ihm seine Schwester Arundathi vorgestellt, ein zartes, schlankes Mädchen mit nachtdunklen Augen. Mehr als sechs Jahre waren seitdem vergangen, und doch erinnerte er sich an jeden Augenblick dieses glücklichen Tages; an den jagenden Schlag seines Herzens, als er einige Monate später um ihre Hand anhielt.

Arundathi! Was mag sie jetzt tun? Wird sie wieder an seinem Lager ...? Nein! Vater wird gewiss schon schlafen. Seit einigen Tagen geht es ihm doch besser.

In plötzlichem Erschrecken presste Gaspar die Hände gegen die Schläfen. Lass doch die Vergangenheit ruhen!, flüsterte eine Stimme in ihm. Ein wolkenloser Himmel ist sie gewesen, heiter und ohne Sorgen. Bis die Krankheit kam ... Unversehens hat sie sich wie ein Dieb in den Palast eingeschlichen und den Menschen angefallen, der nach deiner Frau und deinem Sohn deinem Herzen am nächsten steht. Nein, es geht ihm nicht besser! Die Ärzte sind ratlos, wenn sie es auch nicht zugeben. Nur Angst und Liebe lassen dich glauben, Vater könne wieder gesund werden. Siehst du nicht den schrecklichen Verlauf der Krankheit, die seinen Leib zerfallen lässt? Geh zu ihm, vielleicht braucht er dich.

So viel Liebe und Glück erfuhr er an Arundathis Seite, so viel Niedergeschlagenheit und Angst um den Vater. Aber da ist noch etwas ... Woher kommt diese drängende Sehnsucht nach mehr? Oh, ihr Götter! Seit einigen Wochen hatte Gaspar das Gefühl, vor einer Felswand zu stehen und sich daran die Fäuste blutig zu schlagen. Nun hatte er die Grenzen seiner Kraft erreicht.

Gaspar Peria Perumal, der Radscha von Yalpanam, tastete sich zu der Treppe an der Nordseite hin. Hier, an dieser Stelle, hatte er als Kind immer wieder die Elefantenstatuen betrachtet, die das Geländer zierten; und mit nicht nachlassender Geduld hatte sein Vater, Gaspars kleine Hände zu Hilfe nehmend, die massigen steinernen Leiber mit ihm gezählt.

Gaspar schrie laut auf, als er auf dem regennassen Boden plötzlich das Gleichgewicht verlor. Er spürte einen jähen, stechenden Schmerz an der Hüfte, als er die ersten Stufen hinunter rutschte. Auf einmal waren da kräftige Hände, die ihn ergriffen: vier Hände, die in der mondlosen Dunkelheit Mühe hatten, den instinktiv um sich schlagenden Radscha festzuhalten. „Swami, wir sind es. Hab keine Angst, Herr! Wir sind es, Elawa und ich."

Meghavar und Elawa, die Leibwächter, trugen Gaspar in den Palast zurück. Aus dem Garten des Mondlichtes im Ostflügel eilte Rani Arundathi ihnen entgegen; die Wache hatte sie benachrichtigt. Ihre Augen hingen schreckgeweitet an seinen blassen Lippen, als die Leibwächter ihn behutsam auf das Bett legten. Elawa wandte sich der Rani zu. „Man sollte schnell die Ärzte …"

„Sie werden jeden Augenblick hier sein", unterbrach sie ihn. „Ich habe nach ihnen geschickt." Nach Fassung ringend, fuhr sie fort: „Sie sind bei Radscha Bhadramuka." Sie sprach so leise, dass sie kaum zu verstehen war. „Wir müssen warten …" Einer plötzlichen Eingebung folgend, beugte sie sich zu einem Tisch nieder, der neben der Tür stand, und öffnete eine der daraufstehenden Amphoren. Mit der Kuppe des rechten Ringfingers entnahm sie ein wenig Salbe und verrieb sie auf Gaspars Schläfen. Augenblicklich erfüllte der Wohlgeruch kostbaren Sandelholzes den Raum.

Die Tür wurde leise, aber hastig geöffnet und Mahanaga, einer der Ärzte, trat ein. Er untersuchte Gaspar gründlich. „Sein Zustand ist nicht besorgniserregend." Mahanaga schaute Arundathi an, Zuversicht lag in seinem Blick. „Der Radscha muss nun schlafen. Wir haben nichts zu fürchten; ernsthaft verletzt ist er nicht. Es war wohl die Angst um seinen Vater, die ihn stolpern ließ. Aber um eines bitte ich dich, Rani." Er sprach jetzt zögernd, als suche er nach Worten. „Ich bitte sehr darum, darauf zu achten, dass der Radscha nicht mehr allein bleibt, wenn er den Palast verlässt." Er zögerte wieder und warf einen prüfenden Blick auf den

Schlafenden. „Er darf es Meghavar und Elawa nicht verbieten, in seiner Nähe zu sein. Wären sie ihm nicht gefolgt heute Abend ... Es ist nicht auszudenken!"

Die Rani sah zu ihm auf, vergebens bemüht, ihren Schrecken zu verbergen. „Du hast mein Wort, Mahanaga", erwiderte sie. „Ich werde morgen mit dem Radscha sprechen. Er wird gewiss unsere Sorge verstehen. Und jetzt lasst mich mit ihm allein. Ich werde bei ihm bleiben, bis er aufwacht." Ihre Lippen öffneten sich zu einem kleinen, mühsamen Lächeln. „Ich danke dir, Mahanaga, und euch, Elawa und Meghavar, für eure Hilfe."

Die Leibwächter und der Arzt beugten sich tief vor der Rani, die Handflächen aneinander gelegt, und verharrten in dieser Haltung für einen Moment. Arundathi schaute ihnen nach, als sie den Raum verließen; dann ließ sie sich auf die Knie nieder und küsste Gaspar auf die Stirn. Sein Schlaf war nun tief und ruhig. Der Wind rüttelte an den Fenstern des Palastes und strich sausend über die niedrigen Häuser. Jenseits der Stadt, am aufgepeitschten Meer hinter dem flachen Land, bogen sich unter seiner Wucht die riesigen Palmyrapalmen. Seine Macht brach sich erst, als im Osten die Morgendämmerung aufstieg.

Radscha Bhadramukhas Befinden war unverändert. Am Morgen, als Gaspar erwacht war, hatte er sich an die Hoffnung geklammert, seine Vorahnungen, die gestern Abend auf ihn eingestürmt waren, seien nur Einbildung gewesen. Als er, von Arundathi begleitet, an das Bett seines Vaters trat, erschrak er. Unter dem dichten, weißen Haar war die Stirn des Kranken mit Schweiß bedeckt. Der Atem ging flach, die Lippen des Radscha waren weit geöffnet. Gaspar beugte sich hilflos über ihn.

So verging Woche um Woche in quälendem Warten auf Besserung. Bhadramukha war nur selten bei Bewusstsein. In den wenigen Stunden, in denen er wach war und unter großer Mühe etwas zu sich nahm, suchte er den Blick seines Sohnes, der an seinem Lager saß. Kaum mehr als ein halbes Jahr war vergangen, seit die Krankheit den Radscha bettlägerig gemacht hatte. Monate, die Gaspar ein noch nie gekanntes Gefühl der Verbundenheit mit seinem Vater gaben – aber um welchen Preis!

Während dieser Zeit hatte Rani Arundathi viele Nächte lang am Bett ihres Schwiegervaters gewacht – gegen Gaspars Vorhaltungen, der fühlte, dass sie unter dem fehlenden Schlaf litt und sich zu wenig um Sivaratnam, ihren kleinen Sohn, kümmern konnte. Er war jetzt zwei Jahre alt. Seine kindliche Fröhlichkeit war wie ein kleines Licht im Palast von Nallur. Die Zuversicht der Rani, dass die Anstrengungen der Ärzte, die Opfer der Priester und die Sorge seiner Familie die rätselhafte Krankheit eines Tages doch niederkämpfen könnte, stärkte auch seine Hoffnung, so schwach sie auch sein mochte.

Die unerschütterliche Hoffnung, die von der Rani ausging, fühlte Gaspar selbst dann, wenn er mit seinen Ministern und den Offizieren seiner kleinen Flotte Entscheidungen zu treffen hatte. Mantai – etwa zehn Gawwa südlich von Nallur gelegen – war als wichtigste Hafenstadt Yalpanams ein empfindlicher Punkt der Küste, der militärische Sicherung verlangte. Seit langen Jahren herrschte zwar Friede im Land, aber Yalpanam lag wie eine winzige Vogelfeder in der geöffneten Hand eines Kindes und war daher immer wieder eine Versuchung für Piraten und Strandräuber.

Wenn draußen die Dunkelheit hereinbrach, brachten die Dienerinnen ihnen den kleinen Prinzen, den Sohn Sivaratnam. Bis es Zeit war, schlafen zu gehen, spielte er zu ihren Füßen. Er wusste nichts von dem Kummer seiner Eltern, die Hoffnung und Geduld jeden Tag neu zu lernen hatten. Dennoch geschah es oft, dass das Kind die Traurigkeit seiner Eltern bemerkte. Dann unterbrach es sein Spiel, und wenn es in ihre Arme lief und hochgehoben wurde, strahlten seine Augen in einem Glück auf, das seine Quelle in einem ungeahnten Urgrund hat.

So war das Leben: Kummer und Freude lagen dicht beieinander; eine bittere Erfahrung, die Gaspar durch Arundathis inneren Gleichmut ein wenig leichter gemacht wurde. Welche Kraft die Rani dazu aufbringen musste, vermochte Gaspar kaum zu ahnen.

In den ersten Tagen des Monats Nawam konnten die Ärzte dem jungen Radscha die Nachricht überbringen, dass ihr Kampf um das Leben seines Vaters den Sieg davongetragen habe. Gaspar schien es, als erwache er aus einem bösen Traum. „Der Radscha ist noch recht schwach", erklärte Mahanaga, „aber er hat die Krise endgültig überwunden. Sein Herz ist stark und sein Wille, gesund zu werden, hat unsere Anstrengungen unterstützt. In seinem Alter – nun, wir müssen Geduld haben mit ihm. Doch vertraue mir, Radscha. Dein Vater hat noch viele Jahre vor sich."

Gaspar lächelte ihn voller Freude an; er fühlte sich sehr erleichtert. „Ich glaube dir." Aber eine Frage blieb, die er dem Arzt noch nicht gestellt hatte, als fürchtete er sich davor. „Was hat meinen Vater so krank gemacht?" Mahanaga versuchte eine Erklärung. „Wir waren lange ratlos. Hast du bemerkt, wie der Radscha sich bewegte, als er noch nicht bettlägerig war? Er ging, als sei er – verzeih mir, Swami! Er bewegte sich unsicher wie jemand, der berauschende Getränke genossen hat. Nach einigen Monaten fiel uns auf, dass seine Hände zitterten, wenn er nach etwas griff."

Gaspar nickte. „Ich habe das alles bemerkt. Aber was bedeutete das? Schließlich hatte er auch Schwierigkeiten beim Sprechen, als gehorche ihm die Zunge nicht mehr. Hast du diesen rätselhaften Verlauf auch bei anderen Kranken beobachtet? Ich muss es wissen."

„Ich will dir nichts verbergen, Swami", erwiderte der Arzt. „Diese Krankheit ist ganz außergewöhnlich, und viel wissen wir nicht von ihr. Bewegungs- und Sprachstörungen kommen häufiger vor bei älteren Menschen; doch dieses körperliche Verfallen des Radscha … Für manche Symptome haben wir noch keine Erklärung. Aber die Medizin, mit der wir den Radscha behandelt haben, gab den Ausschlag zur Besserung, dessen sind wir uns sicher. Sie ist von heilkundigen Männern aus Botha, mehr als tausend Gawwa von hier entfernt, entwickelt worden."

Gaspar griff nach der Hand des alten Mannes, einen Augenblick lang nicht fähig, etwas zu sagen. „Ich danke dir, Mahanaga! Die Götter mögen dir vergelten, was du getan hast. Ich schwöre dir, dass ich diesen Wunsch jeden Tag in meinem Herzen wiederholen werde."

Wo war Arundathi? Gaspar eilte zu den Gemächern seines Vaters. Alle sollten seine Freude mit ihm teilen. Der Radscha wird gesund! Singt den Göttern Hymnen, singt und tanzt! Schmückt ihre Tempel mit den Blüten des Champaka-Baumes! Gaspar versuchte, sich zu fassen, als er den Raum betrat, in dem rechts unter den Fenstern das Bett seines Vaters stand. Arundathi war bereits da und lächelte ihn an. „Lieber Vater!" Gaspar ließ sich auf die Knie nieder und schob seinen rechten Arm scheu und behutsam unter den Kopf des Radscha. Seine Lippen berührten die Wange Bhadramukhas.

„Ihr musstet lange warten", hörte er seinen Vater sprechen. „Unvergänglich ist nur die ewige Kraft der Himmlischen. Der Mensch muss leben, um zu sterben … eines Tages." Seine Stimme war leise; Gaspar hatte große Mühe, ihn zu verstehen. „Jetzt ist alles gut. Die Götter haben mir erlaubt, wieder gesund zu werden."

„Wir danken Ganadarna, dem Vater des Alls, und allen Ewigen", erwiderte Gaspar. „Dreißig Tage lang werden wir sie durch Tänze und Musik verehren und ihnen Reisopfer darbringen. Ich werde den Priestern befehlen, Nallur mit Blumenketten zu schmücken und Weihrauch und kostbare Öle zu verbrennen. Mit Trommeln und Lauten wollen wir den Göttern huldigen. Wir stehen tief in ihrer Schuld!"

Noch an diesem Abend ließ Gaspar Boten nach Anuradhapura senden, die seinem Schwager die gute Nachricht bringen sollten, dass der Radscha des Reiches Yalpanam wieder genesen sei. Und während sich unter dem rhythmischen Dröhnen der Trommeln eine feierliche Prozession durch die Straßen von Nallur bewegte, saßen Gaspar und Arundathi am Bett des Radscha. So vieles hatten sie einander zu sagen! Am Haupttor des Palastes loderten heilige Feuer. Und alle Angst Gaspars verbrannte in ihnen. Ihm kam es vor, als seien sie Lichter glücklicherer Tage – nach einem langen, schrecklichen, mühsamen Weg.

2. Ich lege meine Hand auf dich (Ps 139,5)

Nallur ertrank in einem Meer von Blumen, als Radscha Bhadramukha sich zum ersten Mal nach seiner Genesung durch die Straßen der Hauptstadt tragen ließ. An der Spitze des Zuges ritten Soldaten, ihre Lanzen und Schilde in den Fäusten. Dahinter folgten achtzehn Parumakas, ausgewählte Männer aus Adelsfamilien von Yalpanam und Inhaber hoher Staatsämter. Angeführt wurden sie vom Schatzmeister und dem Flottenkommandanten. In seiner Sänfte auf einem Elefanten ruhend, schaute der Radscha auf die Menschen hinab, die sich, von Trommlern und Fackelträgern geleitet, auf ihn und seine Begleiter zubewegten – ein farbenfrohes Bild ausgelassener, wogender, rhythmischer Freude, das Gaspar die Tränen in die Augen trieb.

Die Menschen sangen und tanzten noch in den Straßen und Gassen, als der Radscha mit seinem Gefolge längst wieder in den Palast zurückgekehrt war. Gaspar hörte die Trommeln; am Fenster stehend blickte er zum Ufer hinüber, wo die Fischerboote und die niedrigen Schiffe der Flotte lagen. An Bug und Heck hatten die Besatzungen zu Ehren des Radschas unzählige Fackeln entzündet.

„Quäle dich nicht mit vergeblichen Hoffnungen, Gaspar. Achte darauf, dass sie keine Macht über dich gewinnen." So oder ähnlich hatte seine Mutter zu ihm gesprochen, wenn er in jugendlichem Eifer etwas erreichen wollte, was ihr unvernünftig erschien. Er war kaum dem Kindesalter entwachsen, als sie starb. Ihr jäher Tod war der erste Schlag, den das Leben ihm versetzte. Damals ging ihm zum ersten Mal auf, dass man ohne Hoffnung gar nicht leben kann. In seinem Herzen dankte Gaspar den Göttern, dass er sich einen Rest jener Hoffnung auch in den schlimmsten Stunden der letzten Monate bewahrt hatte.

Einige Tage später – der Monat Medin hatte gerade begonnen – meldete die Palastwache ihm die Ankunft des Rishi Baltasha. Er befinde sich bei Radscha Bhadramukha und bitte darum, auch mit Gaspar und der Rani sprechen zu dürfen.

Baltasha lebte in strenger Zurückgezogenheit an der Küste von Malajavara im äußersten Süden Bharatas. Seine Hütte hatte er an einem der zahlreichen kleinen Flüsse gebaut, die in den Bergen entsprangen und schließlich in das Meer mündeten. Gaspar fühlte sich mit diesem ernsten, in sich gekehrten Mann auf seltsame Weise verbunden, obwohl er nur selten Gelegenheit hatte, ihn zu sehen. Baltasha zählte fast fünfzig Jahre, oft hatte er Gaspar auf seinen Knien gewiegt und ihm die geheimnisvolle Welt der Sterne nahegebracht. Er sprach von Canopus und Brhaspati, vom Großen Bären und dem Dreispieß und den Weisen seines Landes, die versuchten, die Gesetze des Himmels und der Sterne zu verstehen. Er sprach einfach und verständlich; er redete ja mit einem Kind und wusste das wohl. Gaspar begriff bald, dass Baltasha die Menschen liebte, obwohl er allein lebte. Der Rishi wusste um die Vergänglichkeit der Dinge dieser Welt, die unbeständig sind wie die Wolken am Himmel.

Gaspar legte die Entwürfe einer neuen Zisterne beiseite, die man ihm an diesem Morgen vorgelegt hatte, und ging die Treppe hinab, die von den oberen Gemächern in das Erdgeschoss führte, um Baltasha zu erwarten. Nach wenigen Augenblicken öffnete sich eine Tür und der Rishi trat ein. Die Hände aneinanderlegend verbeugte er sich tief vor dem jungen Radscha, der schweigend wartete, bis sich Baltasha aus seiner Haltung erhoben hatte. Er war gekleidet wie immer: in farbig gemusterte Baumwolle gehüllt, unter der die bloßen Füße sichtbar waren, das lange, noch immer tiefschwarze Haar aufgebunden.

„Sei willkommen, Baltasha, sei von Herzen willkommen!"

Der Rishi lächelte zurück. „Ich danke den Göttern, dass ich keinen Kummer mehr in deinen Augen sehe. Meine Gedanken sind mir vorausgeeilt. Oft habe ich an dich und deinen Vater, den Radscha, gedacht." Sein Lächeln vertiefte sich. „Nicht nur in Nallur und Yalpanam wurde um die Genesung des Radscha gebetet."

„Ich danke dir für dein Mitgefühl", erwiderte Gaspar, „und bitte dich, unser Gast zu sein. Hast du schon mit der Rani gesprochen?"

„Ja, ich sah sie bei deinem Vater. Viel Liebe ist in ihr. Der Radscha hat nicht nur einen Sohn, sondern auch eine Tochter. Es muss ein glücklicher Tag für dich gewesen sein, als du sie zur Frau nahmest."

„Ohne Arundathis Hilfe", gab Gaspar zurück, „wäre mein Vater nicht gesund geworden. Sie war fast ständig um ihn, sie liebt ihn wie ihren eigenen Vater."

Baltasha schaute Gaspar mitfühlend an. „Jene Monate müssen für euch alle schrecklich gewesen sein. Aber unser Geschick liegt in der Hand der Ewigen. Wir müssen ertragen, was uns unbegreiflich scheint, wenn Leid und Schmerz und Verlassenheit über uns kommen. Doch wenn die Wurzel tief hinab reicht ..." Die letzten Worte hatte Baltasha sehr leise gesprochen.

Gaspar legte seine Hände auf die Schultern des Rishi und zog ihn an sich. „Danke, Baltasha, für dein Kommen und deine Worte. Beides tut mir gut. Nun aber", er lächelte den Rishi herzlich an, „muss ich um deine Nachsicht bitten, dass ich dir noch keinen Platz angeboten habe. Lass uns dort hineingehen – ja, hier. Hier ist es schattig und kühl. Du wirst gewiss müde sein von der Reise." Gaspar rief nach den Dienern und ließ eine Erfrischung bringen.

Als der Tag sich neigte und das Abendessen eingenommen werden sollte, fragte Baltasha nach Sivaratnam. Gaspar lächelte glücklich, als der Kleine hereinstürmte und nach kurzem Zögern jauchzend in die weit geöffneten Arme des Rishi lief.

Am frühen Nachmittag des folgenden Tages saß Gaspar mit dem Rishi auf einer Bank im Garten des Palastes. Tief hängende Wolken bedeckten den Himmel; am Morgen hatte es einen kurzen, heftigen Regenschauer gegeben. Der junge Radscha schaute zu den Rhododendronbüschen hinüber, die jenseits des Weges in all ihrer Farbenpracht leuchteten, doch ihre Schönheit berührte ihn kaum. Was Baltasha ihm soeben erzählt hatte, erregte ihn tief. Weshalb hatte der Rishi davon gesprochen? „So bist du nicht nur wegen meines Vaters gekommen?" Gaspars Worte fielen in die Stille. Als ihm bewusst wurde, dass der Rishi die Frage als Tadel auffassen könnte, fügte er hinzu: „Verzeih mir, Baltasha …"

Balthasar wehrte ab: „Vielleicht hätte ich nicht davon sprechen sollen. Aber ich musste es jemandem sagen."

Gaspar wandte sich seinem Gast zu und suchte dessen Blick. „Ich bitte dich, erzähle mir mehr. Ich verstehe ja nichts von diesen Dingen …"

Der Rishi blickte durch die Bäume hindurch auf die See. „Du weißt, Gaspar", antwortete er schließlich, „dass ich schon als Kind nichts sehnlicher wünschte, als die Bewegungen der Planeten zu erforschen. Diese Wissenschaft ist alt in Bharata. Krebs, Löwe, Widder, Stier, Aufgänge und Stillstände von Planeten, die Kenntnisse der Chaldäer davon – mit solchen Begriffen und Fragen bin ich aufgewachsen. Osthanes war einer der Großen des chaldäischen Volkes; es verdankt ihm viel in dieser Wissenschaft. Und immer gab es einen Austausch des Wissens zwischen den Völkern. Die Chaldäer haben vieles von den Sumerern gelernt und übernommen. Und wenn ich zuvor von Brhaspati sprach oder von Sani – jedes Volk hat andere Namen für sie. Die Römer nennen sie Jupiter und Saturn; in Baveru am Euphrates werden sie Kakkabu und Kewan genannt."

„Sumerer? Chaldäer? Das sind so rätselhaft fremde Namen für mich", warf Gaspar ein.

„Das muss dich nicht beunruhigen", entgegnete der Rishi. „Um das Land, das sie einst bewohnten, zu erreichen, wären wir viele Mondwechsel unterwegs. Baveru, so sagt man, soll die größte aller Städte gewesen sein, mit ungeheuren Stufentürmen, errichtet aus Ziegelsteinen. Staunenswerte Leistungen haben sie vollbracht. Die Bewegungen der Gestirne wurden auf das Genaueste berechnet, selbst viele Jahre im Voraus. Ich kann mich auf das Wissen ihrer weisesten Männer stützen, wenn mir nicht nur meine Augen, sondern auch meine astronomischen Forschungen und Berechnungen die genaue Zeit und den genauen Ort von Auf- und Untergängen der Wandelsterne bestätigen. Ihre Reiche waren längst untergegangen, als

Vijaya aus Bharata als Herrscher in dein Land kam, Gaspar. Undenkbar lange liegt das zurück. Aber man muss von Baveru sprechen, von Ur und von Sippar und den anderen Städten am Euphrates und Tigris. Ihre Kalender der Vorgänge am nächtlichen Himmel wurden in den Stufentürmen niedergeschrieben, von denen ich soeben sprach."

Baltasha schwieg einen Augenblick. „So lange ist das her, schließlich sind sie durch Kriege und gegenseitige Eroberungen, in Blut, Streit und Hader untergegangen. Und so geht es noch heute in der Welt zu …"

„Nicht immer, Baltasha", unterbrach ihn Gaspar. Leise fügte er hinzu: „Ich versuche, meinem Land den Frieden zu erhalten."

„Ich weiß das wohl", erwiderte der Rishi. „Du und dein Vater, der Radscha Bhadramuka … Ich bin sehr glücklich, dass ihr meine Freunde seid. Schon die Vorgänger deines Vaters bemühten sich um Frieden in Yalpanam. Oder denke an Bhatrikabhaya, den Bruder der Rani. Seit elf Jahren ist er Maharadscha von Anuradhapura. Rühmen ihn nicht die Menschen wegen seiner offenen Hand und seiner Verehrung der All-Ewigen? Unterstützt er nicht die Klöster und das Studium der heiligen Schriften? Du weißt das besser als ich, Gaspar; er ist ja dein Schwager."

Der junge Radscha erhob sich von der Bank. „Lass uns ein wenig gehen – den Weg dort, ja?" Baltasha stand auf und gemeinsam folgten sie dem Weg, der am linken Rand des Parks, eingefasst von vielfarbigen Blumenbeeten, auf eine niedrige Mauer zulief.

Gaspar nahm das Gespräch wieder auf. „Was ist mit diesem Ereignis am Himmel, das du erwähnt hast? Du hast von einer Konjunktion gesprochen …?"

Baltasha ging schweigend neben ihm. „Es ist nicht ganz einfach zu erklären", antwortete er schließlich. „Aber ich will es versuchen. Von einer Konjunktion – in meiner Sprache heißt das Wort Samyoga – spricht man, wenn zwei Planeten scheinbar ganz nahe beieinander am nächtlichen Himmel ihre Bahn ziehen. Und das viele Monate lang. Das geschieht nicht selten. Ganz außergewöhnlich aber ist, dass Bhraspati und Sani im nächsten Jahr drei Mal einander im Sternbild der Fische begegnen werden. Ich will es dir verdeutlichen."

Er kauerte sich nieder und nahm zwei Steinchen vom Weg auf. Gaspar hockte sich neben ihn und beobachtete aufmerksam Baltashas Hände. Eng aneinandergehalten, schoben sie die Steine von rechts nach links – die rechte Hand schneller als die linke –, schlugen einen elliptischen Bogen und wanderten, etwa am Ausgangspunkt angekommen, nochmals zur linken Seite hinüber. Dabei erklärte Baltasha, was seine Hände taten. „Da", sagte er, „und hier und hier begegnen sie einander. Ein solches Ereignis ist einzigartig. In tausend Jahren geschieht das nur wenige Male. Und fast ebenso lange ist es her, dass es sich im Sternbild der Fische zugetragen hat."

Er erhob sich und Gaspar tat wie er. „Das alles ist vorausberechnet", fuhr er fort. „Zweifel sind ausgeschlossen, weil wir ähnliche Ereignisse mit Berechnungen früherer Konstellationen vergleichen können. Schon seit Jahren weiß ich, wann im nächsten Jahr der Tag des Abendaufganges von Bhraspati zugleich mit Sani sein wird. Auch die Männer in den Sternwarten von Baveru wissen davon. In ihrem Kalender ist es der 21. Tag des Monats Ululu."

Gaspar hatte mit wachsendem Staunen zugehört. „Und was bedeutet das alles?"

Der Rishi schaute einigen Pfauen zu, die auf dem Rasen jenseits eines hölzernen Bogenganges standen und ihre Räder spreizten. „Ich kenne die Jahreszeiten. Und in ihnen suche ich Zeit und Ort von Aufgängen und Untergängen der Planeten oder von Mond- und Sonnenfinsternissen zu ergründen. Aber genügt es, das zu wissen, Gaspar?

Wenn ich den nächtlichen Himmel betrachte, sehe ich die Sterne über mir. Sie gehen ihren Weg; sie leuchten uns als Abbilder der Götter, heute und morgen. Aber was war gestern? Woher kommen sie? Was bin ich angesichts dieser unendlichen Größe des Sternenhimmels? Seit meiner Kindheit lassen mich diese Gedanken nicht los. Soll ich einfach schweigen, wie es die Lehre des Erhabenen will, die aus unserem Land auf eure Insel kam? Muss ich nicht darüber nachdenken, warum ich bin und wie lange dieses Leben dauert? Und warum ist das Leben so schön – und so erdrückend und beängstigend? Auch der Erhabene hat das erfahren müssen; er verließ Frau und Sohn und wurde Mönch, um die Fesseln von Schuld und Leidenschaft zu lösen. Kann der Mensch das überhaupt?" Baltasha schaute den jungen Radscha an, dann blickte er wieder zu den Pfauen hinüber.

„Du hast mich nach der Bedeutung dieser Sternenbegegnung gefragt, die im nächsten Jahr stattfinden wird. Du sollst meine Antwort hören. Brhaspati ist der Stern des Weltenherrschers. Sani ist der Sternengott des Landes Juda. Das Sternbild der Fische wird den Westländern zugeordnet, die vom Tigris bis zum Nil reichen. Wenn nun Brhaspati in seinem Herrschaftsgebiet von Osten her an die Seite des himmlischen Vertreters des Judenlandes treten wird, sich viele Monate lang an seiner Seite bewegt – ich habe eben versucht, es dir anschaulich zu machen – und schließlich beide Gestirne in den Fischen stehenbleiben werden, was kann das anders bedeuten als ein Zeichen der Ewigen an uns Menschen? Gaspar, aus dem Lande Juda wird der Herrscher der Endzeit hervorgehen. Die einzigartigen Umstände, die wir am nächtlichen Himmel erwarten, lassen keinen anderen Schluss zu."

Die Ewigen geben uns ein Zeichen ... Jedes Wort des Rishi stürzte Gaspar in größere Verwirrung. Was hatte er von all dem zu halten?

Auf ihrem Weg durch den Park waren sie wieder bei einer Bank angekommen und hatten sich gesetzt. Baltasha stützte den Kopf in die Hände, der Radscha saß schweigend und sah vor sich hin. Nur seine Hände bewegten sich unruhig im Schoß.

Nach geraumer Zeit fuhr der Rishi fort: „Betrachte dein Leben, Gaspar! War nicht alles wichtig und bedeutsam in deinem jungen Leben als Kind und Heranwachsender? Vergleichst du aber jene Zeit mit der heutigen, da du Frau und Kind hast – was ist sie dagegen? Du magst hin und wieder an manches zurückdenken, und vieles hat noch seinen Platz in deinem Denken. Aber es liegt hinter dir. So ähnlich ergeht es mir nun. Diese dreimalige Konjunktion, von der ich seit langem weiß – das Leben ist jetzt ein anderes für mich. Der nächtliche Himmel hat eine Botschaft für mich und dich und alle Menschen."

Gaspar blickte bei den letzten Worten auf und schaute den Rishi betroffen an. „Für alle Menschen? Für mich? Wer weiß denn noch von dem, was du mir erzählt hast?"

Baltasha erwiderte: „Diese Himmelserscheinung wird Unkundigen nicht auffallen. Die Umstände, von denen ich gesprochen habe, machen sie nur für Astronomen beachtenswert, die über Fernrohre, Sternkarten und Quadranten verfügen. Aber es gibt noch andere Hinweise …"

Der Rishi hielt inne. Unversehens war er wieder im Handwerkerviertel von Cochin, in dem kleinen Haus, das er erst nach mühsamem Suchen gefunden hatte. An wie viele Türen in den verwinkelten, staubigen Gassen musste er klopfen, wie viele waren ihm nur zögernd oder gar nicht geöffnet worden? Er wusste es nicht. Lange dauerte es, bis er voller Verlegenheit dem halbblinden Mann gegenüberstand, der sich selbst im Sitzen auf einen Stock stützen musste und dessen verkrüppelte linke Hand schlaff herabhing. Wie sollte er Gaspar das alles begreiflich machen?

Gaspar hörte Baltashas langen Bericht mit wachsender Erregung an. Der Rishi schilderte seinen Weg hinauf nach Norden an die Küste von Malajavara; er sprach über den Anlass, der ihn gedrängt hatte, mit einem Angehörigen jenes Volkes zu sprechen, dessen Vorfahren vor vielen Jahrhunderten dorthin verschlagen worden waren.

„Es sind Reste von Verbannten, die vor etwa sechshundert Jahren nach Baveru verschleppt worden sind. Die Heere der Chaldäer hatten ihre Hauptstadt belagert und erobert, Tempel und Königspalast in Trümmer gelegt und bis auf den Grund zerstört. Der König wurde ergriffen, geblendet und mit dem Rest seines Volkes nach Baveru deportiert. Fünfzig Jahre später erließ Kyros nach der Zerschlagung des babylonischen Reiches ein Edikt, das den Judäern die Anbetung ihres Gottes und die Rückkehr in ihr Land erlaubte."

„Ihres Gottes, sagst du?", fragte Gaspar überrascht. „Wie meinst du das? Verehren sie denn nur einen Gott?"

„Zwei Tage und eine Nacht war ich in Cochin", antwortete Baltasha und neigte bejahend den Kopf. „Ich habe kaum gegessen und geschlafen, so vieles gab es zu hören. Und wenn ich meinte, etwas nicht zu verstehen, habe ich Fragen gestellt. Der Judäer ist ein alter Mann, dem Tode nahe. Schon die Väter seiner Väter lebten in jener Stadt am Meer. Tief und stark ist seine Liebe zu seinem Land, obgleich er es nie gesehen hat; tief und stark sein Stolz, zu einem Volk zu gehören, das ihr Gott aus allen Völkern herausgehoben hat. Geheimnisvoll und mächtig hat dieser Gott es durch die Jahrhunderte geführt und einen Bund mit ihm geschlossen. Ja, es ist so: Nur ihn bekennt und verehrt es als den einen und einzigen Gott, den es lieben soll mit ganzem Herzen, mit ganzer Seele, mit ganzer Kraft. Dieser Gott hat seinem Volk zugesagt, in allen Nöten des Lebens bei ihm zu sein. Und wenn es tut, was in seinen Augen richtig und gut ist, wird dieser Gott an seine Verheißungen denken, die er ihren Vätern gegeben hat."

„Das verstehe ich nicht", fiel Gaspar ein. „Wie konnte dieser Gott es zulassen, dass sein Volk in die Verbannung geschleppt wurde? Du sagtest doch, er habe einen Bund mit ihm geschlossen. Hatte er ihn vergessen?"

Baltasha dachte nach, ehe er antwortete. Er sah sich wieder in dem winzigen Raum in Cochin; er sah den bärtigen Mann, der ihm gegenüber saß, klein, mit verkrümmtem Körper. „Nein, so war es nicht", erwiderte er. „Der Judäer sagte, wieder und wieder sei das Volk in die Irre gegangen wie eine Schafherde, die sich verlaufen hat. So kam es, wie es kommen musste. Schrecklich muss die Belagerung gewesen sein. Die Verteidiger waren durch Hunger und Pest geschwächt; täglich hat man Kinder begraben müssen, die an Entkräftung gestorben waren. Noch Wochen nach der Erstürmung der Stadt haben die Häuser gebrannt. Was damals geschah, wurde als Mahnung und Strafe ihres Gottes verstanden."

„Eine schreckliche Strafe", brach es aus Gaspar heraus.

„Das dachte ich auch", antwortete Baltasha, „aber der Mann lehrte mich eines Besseren. Und hat er nicht recht? Müssen wir nicht die Götter lieben und tun, was recht ist? Auch ich weiß, dass ich nicht immer tue, wie ich sollte, dass das Dunkle und Böse mich oft umtreibt … es macht mich traurig. Ist der Judäer nicht zu beneiden um seinen Glauben an einen Gott, der auch sein treuloses Volk liebt und es in seine Hand geschrieben hat?"

Baltasha schloss die Augen wie jemand, der sich angespannt an etwas zu erinnern sucht. „Gaspar, der alte Mann kennt sich gründlich aus in den heiligen Schriften seines Volkes. Ich höre ihn noch, als läse er daraus vor: ‚Ich habe dich geschaffen, du bist mein Knecht, Israel. Ich vergesse dich nicht. Kehr um zu mir, denn ich erlöse dich.' Kannst du mir einen unserer All-Ewigen nennen, der jemals so gesprochen hätte? Von wem könnten wir sagen, er allein habe das Sternbild des Bären geschaffen, den Orion, das Siebengestirn, die Kammern des Südens? Der Judäer glaubt mit ganzem Herzen daran, dass sein Gott allein Schöpfer und Erhalter aller Dinge ist und sich den Menschen zuwendet in unbegreiflicher Liebe. Verstehst du, dass mir diese Worte nicht mehr aus dem Kopf gehen? Gaspar, sie haben einen Gott, zu dem sie sprechen können!"

Die Klage war nicht zu überhören und Gaspar begriff, was er seit Stunden unbewusst gefühlt hatte: Den Rishi bedrückte etwas. Er hatte gesprochen wie immer, bedachtsam seine Worte abwägend. Doch Gaspar kannte Baltasha lange genug. War es ihm nicht ähnlich ergangen in den schrecklichen Monaten, die hinter ihm lagen? Doch kein Echo seiner stummen Rufe zu den All-Ewigen erreichte ihn, keine Antwort war zu ihm gedrungen. Warum nicht?

Gaspar schreckte aus seinem Grübeln auf, als er wieder die Stimme des Rishi hörte. „Seit ich aus Cochin zurück bin", sagte Baltasha leise, als spräche er zu sich selbst, „frage ich mich, ob der Mann recht hat. Lenkt dieser sein Gott die Welt und ihren Gang? Ist er es, der den Sternen ihren Weg vorschreibt? Hat er auch mich und dich geschaffen? Gaspar, vergehe ich mich gegen die Götter, wenn solche Fragen in mir aufkommen? Und wenn ich meine Gedanken zu ihnen erhebe – ich tue seit Wochen nichts anderes –, warum spüre ich keinen Trost, keine Gewissheit, so verlässlich wie ... wie ein Weg?"

Gaspar wusste darauf nichts zu sagen und Baltasha schien auch keine Antwort zu erwarten. Die dichten Baumkronen warfen lange, flirrende Schatten über den Rasen, der im Licht des späten Nachmittages in tiefem Grün leuchtete. Die Wärme war einer angenehmen Kühle gewichen; die Sonne stand tief im Westen des blassblauen Himmels. Bald würde die Dämmerung in den Park fallen und die Farben der Blumen auslöschen.

Ein Pfau schrie und unterbrach jäh die Stille. Als Baltasha aufschaute, fühlte er die Hand des Radscha auf seinem Arm. „Sprich weiter, bitte", bat Gaspar. „Ich verstehe, dass dich das bedrückt. Könnte ich dir doch helfen ...!"

Der Rishi entspannte die Schultern und atmete tief ein. Dann wandte er sich Gaspar zu und lächelte – zum ersten Mal an diesem Nachmittag. „Als du noch nicht geboren warst, Gaspar", sagte er, „lebte ich schon in der Einsamkeit der Berge. Ich wollte es so. Doch ich wusste, dass ich immer willkommen war, wenn ich den Wunsch hatte, nach Nallur zu reisen und mit deinem Vater und dir zu sprechen. Es geschah nicht oft, denn der Weg zu euch ist weit. Deinem Vater ist die Gesundheit zurückgegeben worden, diese schreckliche Sorge belastet dich nicht mehr. Darum bin ich nach langem Zögern mit meinen Fragen und Zweifeln zu dir gekomen. Seit gestern schenkst du mir nun deine Zeit und hörst mir zu. Du hilfst mir mehr, als ich es ausdrücken kann. Die Unruhe in mir", er legte eine Hand auf seine Brust, „tut nicht mehr weh. Es ist vielmehr, als stoße mich etwas an. Seltsam ist das."

Ein Zucken lief über sein Gesicht. Die Schatten zwischen den Bäumen wurden tiefer; hinter der hohen Ufermauer war das Wasser der Lagune nicht mehr zu erkennen.

Erst nach geraumer Weile sprach Baltasha wieder. „In meinem Land", begann er, „gibt es ein Sprichwort: ‚Ohne Liebe ist alles vergeblich.' Ich denke oft daran. Wenn all das, was ich versucht habe, dir und mir klar zu machen, einen Sinn haben soll, dann bedeutet das doch, dass alles, was unsere Augen erblicken, aus Liebe geschaffen worden ist. Was sehen denn unsere Augen, wenn wir den nächtlichen Himmel betrachten? Du bist ein junger Mann von sechsundzwanzig Jahren. Mein Blick ist schon getrübt. Doch ob du oder ich: Wir sehen doch nur wenige der unzählbaren Sterne, die da oben leuchten. Nachdenken kann ich und rechnen und meine Berechnungen wieder und wieder prüfen. Weiß ich aber, ob ich recht habe? Wie ein Schleier ist das, hinter den ich nicht schauen kann. Gaspar, muss da nicht eine Allmacht wirken und handeln, die wir nicht begreifen? Ist aber Allmacht teilbar?"

Wieder suchte er nach Worten. „Jedes Volk hat doch seine Götter. Aber kann deren Macht an Landesgrenzen enden, die wir oft genug als Folge oder Anlass blutiger Kriege gezogen haben? Was wäre das für eine Macht! Sag selbst ... Manchmal denke ich: Nur Einen muss es geben – das sagte der Judäer auch immer wieder, als ich in Cochin war. Und ist Er es, der uns auf den Herrscher der Endzeit hinweisen will?"

Gaspar fuhr zusammen, als eine Katze über den Weg zu ihren Füßen huschte und im Gras des Rasens verschwand. Er bewegte das, was den Rishi quälte, in seinem Herzen. Herrscher der Endzeit? Was hat das alles zu bedeuten? Wieder fühlte Gaspar, wie Unruhe in ihm aufstieg. „Was meinte der Judäer dazu?", fragte er. „Habt ihr auch darüber gesprochen?"

„Ja, es gibt solche Weissagungen", erwiderte Baltasha. „Sie künden von einem starken Fürsten, der Gerechtigkeit und Frieden wiederherstellen wird, einem Propheten der Wahrheit, die eines Tages in ihrer ganzen Fülle aufleuchten wird. Auch bei anderen Völkern wird das überliefert, über die Jahrhunderte hin. Auf diesem Einen, der seine Feinde wie Ton zertrümmern wird, liegen ihre Hoffnungen. Das war bei Weitem das Rätselhafteste, was mir berichtet wurde. Ich habe nichts davon verstanden. Wenn es die All-Ewigen gibt – oder den All-Einen –, warum dann noch ein geheimnisvoll Vollkommener, der auf die Erde herabkommen soll? O Gaspar, mir ist, als verlangte man von mir, einen unterirdischen Flusslauf bis zu seiner Quelle zurückzuverfolgen. Wer vermag das denn?"

In den Bäumen rauschte der Wind. Aus der Dunkelheit ertönte von weit her der klagende Ruf eines Waldkauzes. Gaspar berührte behutsam Baltashas Schulter. „Wir müssen gehen. Man wird schon auf uns warten. Nach dem Essen reden wir weiter darüber, ja? Ich möchte noch vieles von dir wissen!"

Die tief von der Decke herabhängenden Lampen verbreiteten ein weiches Dämmerlicht. In ihrem Schein erglühten die Farben der kunstvoll geknüpften Teppiche, die die Wände bedeckten. Hinter der offen stehenden Tür lag der Empfangssaal, von dem eine breite geschwungene Treppe in die oberen Räume führte, in undurchdringlicher Dunkelheit. Auf ihren Stufen war der junge Radscha gestern morgen nach unten geeilt, um den Rishi zu begrüßen. So vieles war seither geschehen ...

Gaspar war mit seinem Gast allein – Rani Arundathi und sein Vater hatten sich nach dem gemeinsamen Abendessen zurückgezogen – und wartete schweigend, voller Ungeduld. Durch die Fenster drangen die vielfältigen Geräusche der anbrechenden Nacht. Von Himmelszeichen hatte Baltasha gesprochen, von einem Herrscher und von Verheißungen, die ihn ankündigten: nicht nur am Himmel, auch in den heiligen Schriften eines kleinen Volkes weit weg von hier ...

Als Gaspar sich über den Tisch beugte und nach dem Weinbecher griff, sah er die Augen seines Freundes auf sich gerichtet. Ein sonderbares Leuchten lag in ihnen. So hatte der Rishi ihn gestern angesehen, als sie über die

Genesung von Radscha Bhadramukha gesprochen hatten und über die Freude im Palast nach den unerträglichen Monaten des Hoffens und Bangens.

Gaspar deutete fragend auf den Becher in Baltashas Händen. „Du erlaubst, ja?" Der Rishi nickte zustimmend und reichte ihm den Becher. „Ein wenig noch – ja, danke, Gaspar." Gaspar stellte den Krug auf den Tisch zurück und lächelte, den Becher an die Lippen führend, Baltasha zu. „Seit wann weißt du von diesen Dingen, von denen wir gesprochen haben?"

„Seit beinahe drei Jahren", antwortete der Rishi. „Damals hörte ich zum ersten Mal davon, dass chaldäische Sternkundige von jener Konjunktion wussten. Es dauerte nur wenige Monate, bis ich mich von der Verlässlichkeit der Angaben durch eigene Prüfungen überzeugt hatte. Aber lange, sehr lange hatte ich Zweifel, was das alles zu bedeuten habe. Und wenn ich meinte, endlich Klarheit zu haben, waren sie am nächsten Morgen umso größer. So bin ich vor sechs Monaten nach Cochin gereist."

Gaspar schüttelte den Kopf. „Es muss wohl so sein, dass diese Ereignisse am Himmel die Bedeutung haben, von der du gesprochen hast." Er brach ab. „Aber gibt es einen Zusammenhang mit jenem Einen, an den der Judäer glaubt? Wenn es Verheißungen dieses Gottes sind, die sich erfüllen sollen ..." – Dann? Baltasha schaute ihn an.

Die Frage blieb unausgesprochen. Der junge Radscha erhob sich und trat an eines der Fenster. Der Himmel war mit Sternen übersät; ihr goldener Schein ergoss sich in die Stille der Nacht. Lange stand er so, bis er sich wieder seinem Gast zuwandte. „Was willst du tun, Baltasha?"

Der Gefragte hob die Schultern in einer Gebärde der

Hilflosigkeit. „Ich wünschte mir mehr Zeit, um alles wieder und wieder zu überdenken. Doch Monat um Monat vergeht. Bald wird das Kind geboren. Und der Weg ist weit ..."

Gaspar sah ihn entgeistert an. „Du ... du willst das Kind suchen?" Er war so überrascht, dass er einen Augenblick lang glaubte, den Rishi falsch verstanden zu haben. Abwehrend hob er die Hand, als Baltasha sich ehrerbietig von seinem Platz erheben wollte. Hastig setzte er sich zu ihm. „Baltasha, bitte, sag es mir: Denkst du etwa daran, in jenes Land aufzubrechen?"

Baltasha sah ihn gelassen an. „Ja", entgegnete er. „Ich muss mir Gewissheit verschaffen. Schließlich läuft doch alles auf die Frage hinaus, ob es diesen Zusammenhang gibt. Ihr kann ich nicht ausweichen. Vielleicht bin ich deshalb Sternkundiger geworden ... Wenn es so ist, muss ich sie für mich beantworten."

„Grübelst du nicht zu viel, Baltasha?"

In Baltashas Augen trat ein Lächeln. „Tun wir das nicht beide?"

Wieder dieses unergründliche Lächeln. Gaspar fühlte tiefe Beklemmung bei der Vorstellung, dass der Rishi offenbar entschlossen war, zu einer Reise aufzubrechen, für die er Jahre benötigen würde. Bedachte er die Gefahren nicht? Jenes Land lag erschreckend weit entfernt! Und hätte er es erst erreicht, wo wollte er das Kind finden?

Seine Bedenken schienen Baltasha nicht zu beunruhigen. Gewiss sei es eine weite Reise, räumte er ein. Aber könne er mit dieser Ungewissheit weiterleben? „Viele Monate", schloss er, „habe ich gezögert, dich zu besuchen. Hattest du nicht Kummer und Sorgen genug? Ich kann dir nicht sagen, wie glücklich ich war, als ich von der Genesung deines Vaters hörte. Da entschloss ich mich zur Reise. Im Hafen von Komarei fand ich ein Schiff, das mich nach Nallur brachte. Wem sonst konnte ich meine Gedanken anvertrauen? Von der Sternenbegegnung habe ich dem Rishi Malkyor schon berichtet. Es lag mir daran, seine Meinung zu hören." Ein tiefer Seufzer der Erleichterung hob seine Brust. „Ich weiß jetzt, dass ich recht daran getan habe, zu dir zu kommen. Danke für dein Verständnis und deine Geduld! Du hast ein großes Herz, Radscha von Yalpanam."

Gaspar erwiderte nichts. Stumm sah er vor sich hin. Wie will er das bewältigen?, dachte er. Dieser schmächtige Mann will ein Kind suchen, einen neugeborenen Herrscher in einem fernen, fremden Land … Wie kann ihm das gelingen? Seine Gedanken liefen im Kreis.

Auch Baltasha, den Weinbecher in der Hand, saß schweigend da und hing seinen Gedanken nach. Er schreckte zusammen, als Gaspar ihm vorschlug, das gestern Abend unterbrochene Spiel fortzusetzen. Aber er war nicht bei der Sache. Den schmalen Kopf in die Hand gestützt, starrte er in Gedanken versunken auf das Brett, unentschlossen mal diesen, mal jenen Stein über die Felder führend, als kenne er die Regeln des Spieles nicht.

Gaspar erging es ähnlich. Schließlich schob er, nachdem er dennoch gegen den Rishi verloren hatte, das Brett zur Seite. „Wer ist Malkyor?", wollte er wissen. „Du hast vorhin diesen Namen erwähnt."

„Ein Sternkundiger wie ich", gab der Rishi zur Antwort. „Ich habe ihn schon vor vielen Monaten besucht, lange bevor ich mich nach Cochin aufmachte. Die Umstände der Sternenbegegnung haben auch ihn in Staunen versetzt. Als wir voneinander schieden, war er", Baltashas Augenbrauen zogen sich angestrengt zusammen, „sehr beunruhigt, ja aufgewühlt. Er bat mich um Geduld und sagte, er müsse darüber nachdenken."

„Hast du schon daran gedacht, ihn zu fragen, ob er dich begleiten würde? Du kannst doch keinesfalls allein eine solche Reise unternehmen!"

Baltasha antwortete, über weite Strecken gebe es, soweit er wisse, sichere Wege, auf denen man sich Handelskarawanen anschließen könne. Zuvor werde er jedoch versuchen, von der Westküste Bharatas mit einem Handelsschiff über das Erythräische Meer nach Ägypten zu gelangen. Habe man erst glücklich einen Hafen erreicht, gehe es über Land weiter. Aber das hänge von der Jahreszeit ab; in manchen Monaten machten die Passatwinde eine Reise auf dem Seeweg beschwerlich oder sogar unberechenbar. „Das muss ich dir ja nicht erklären", sagte er. „Auch die Kommandanten deiner Flotte haben zuweilen sogar in der Nähe der Küste mit großen Schwierigkeiten zu kämpfen."

Nachdenklich fügte er hinzu: „Was Malkyor betrifft, wäre ich über seine Begleitung überaus froh. Er ist in meinem Alter und lebt zwei Tagesreisen entfernt von mir hoch oben in den Bergen. Die Wissenschaft der Astronomie hat er in den Tempelstädten Arikamedu und Kamara erlernt. Schon sein Vater war ein Weiser, der die astronomischen Kalender weiterentwickelt und den Kenntnisstand vorangetrieben hat. Malkyor ist ein wenig zurückhaltend, fast scheu. Aber er ist ein warmherziger Mensch, mit seinem umfassenden Wissen ein wahrhaft Großer unter den Gelehrten von Bharata. In dieser Hinsicht wäre niemand geeigneter als er. Ja, ich sollte ihn fragen ... Er wäre mir eine große Hilfe."

Undenkbar weit schien sich eine Tür in eine ferne Welt zu öffnen, als Baltasha nach langem Schweigen fragte: „Gaspar! Willst du nicht mitkommen? Vielleicht wartet dieses Kind auch auf dich ..."

Der junge Radscha öffnete den Mund, aber er brachte kein Wort heraus. Baltasha sah Fassungslosigkeit in seinen Augen, als ihre Blicke sich über den Tisch hinweg trafen. Mühsam suchte Gaspar nach einer Antwort. In seinen Ohren rauschte es. Das ist es, dachte er. Das ist es! All die Zeit hat mich etwas beunruhigt – trotz aller Freude über Baltashas Kommen. Sterne, Verheißungen ... Ein einzigartiges Geschehen, gewiss. Eine Botschaft ... Vielleicht hat er ja recht. Aber warum gerade ich? Warum wünscht er das? Nach allem Kummer und der Angst um den Vater eine solche Reise?

Seine Gedanken überschlugen sich. Ihm war, als säße er in einem sturmgeschüttelten Boot in der Lagune da draußen in der Dunkelheit. Lange dauerte es, bis er sich ein wenig gefasst hatte.

Baltashas Augen waren voller Mitgefühl. „Du denkst an deinen Vater. Habe ich recht?", fragte er. „Ich verstehe das. Die Liebe zu Vater und Mutter wird uns einst vergolten ... Was ist größer als sie? Ich bitte dich nur darum, über meine Frage nachzudenken."

„Du musst mir Zeit lassen", stammelte Gaspar. „Ich ... meine Pflichten als Radscha ... Ich weiß nicht, ob ich ..." Er brach hilflos ab.

„Ich weiß das wohl", entgegnete Baltasha. „Als du

gekrönt wurdest, trug man dir Schwert, Diadem, Fächer und Sandalen auf dem Weg zu deinem Thron voran. Uralte Symbole deiner Macht. Furchtlos und unerschrocken sind die Herrscher von Lanka. Das hat mir Mut gemacht, diese Bitte auszusprechen – das und unsere Freundschaft. Ich wäre sehr glücklich, wenn du dich entschließen könntest, mich zu begleiten. Du und Malkyor und ich … Doch fühle dich nicht gedrängt. Unter guten Freunden darf man auch ‚nein' sagen."

„Du hast mein Wort, dass ich dir meine Antwort – wie auch immer sie ausfallen wird – nicht leichthin geben werde", sagte Gaspar nach kurzem Besinnen. „Ich muss es mit meinem Vater und der Rani besprechen, auch mit den Männern des Staatsrates. Ebenso muss ich Mahanaga, den Arzt, zu Rate ziehen. Ich muss wissen, ob er Einwände dagegen hat, dass mein Vater die Staatsgeschäfte übernimmt. Das kann ich nicht allein entscheiden. So vieles ist zu bedenken. Sollte etwas geschehen, wer nimmt mir die Verantwortung ab?"

Baltasha antwortete, er werde geduldig warten. Gaspar müsse seiner selbst sicher sein und das brauche Zeit.

„Wie viel Zeit habe ich?", fragte Gaspar. „Wenn ich dich richtig verstanden habe, steht dieses Ereignis im nächsten Jahr bevor und der Weg ist lang."

Der Rishi nickte gedankenverloren; seine Augen hatten wieder diesen Ausdruck, den Gaspar schon am frühen Nachmittag bemerkt hatte: rätselhaft in die Ferne gerichtet. Ja, erwiderte er, die Reise auf dem Landweg werde sicher länger als ein Jahr dauern. Allein bis zu den Khaiber-Bergen seien es mehr als zweitausend Kosha. Darum müsse spätestens im Monat Esala der Aufbruch erfolgen.

Viele Monate hindurch werde man nur in den kühlen Nächten unterwegs sein können, falls es kein Schiff gäbe, das nach Ägypten abgehe. In den Straßen und Schänken der Hafenstädte höre man beunruhigende Nachrichten über Seeräuberei und Tote unter den Besatzungen.

Als Gaspar erschreckt zusammenzuckte, fügte er beschwichtigend hinzu: „Doch sorge dich nicht um Mühen und Beschwernisse, die uns bevorstehen könnten, Gaspar. Der die Verheißung gab, wird auch helfen, alle Widrigkeiten zu überstehen. Ich bitte dich, geh mit dir und den Deinen zu Rate und sende mir Nachricht, sobald du zu einem Entschluss gekommen bist."

Einige Tage nach Baltashas Abreise wurde Gaspar eine Schreckensnachricht seines Schwagers überbracht. Bei einem verheerenden Unwetter waren in der Nähe des heiligen Berges Mihintala östlich der Hauptstadt Hunderte von Bewohnern eines Dorfes durch einen Erdrutsch umgekommen. Während Blitze den Himmel zerrissen, suchten die Überlebenden nach Verschütteten oder flohen entsetzt nach Anuradhapura oder in die umliegenden Dörfer. Unaufhörlich strömte der Regen und machte aus fruchtbarem Land eine schlammige Falle.

Gaspar schickte Soldaten zu den Bergungs- und Aufräumarbeiten. Nachdem die größte Not behoben war, kam er endlich dazu, sich seiner eigenen Aufgaben und Pflichten zu erinnern. Er stürzte sich Hals über Kopf in die Arbeit. Viele Tage hindurch sah er den Aya, seinen kleinen Sohn, nur, wenn er zu Bett gebracht wurde; wann immer er konnte, ließ Gaspar es sich nicht nehmen, wenigstens einige Augenblicke an Sivaratnams Bettchen zu sitzen, darum bemüht, gegen seine eigene Müdigkeit anzukämpfen. Gewöhnlich schlief er tief. Nun lag er häufig schlaflos.

Immer wieder weilten seine Gedanken bei Baltasha und all dem, was er von ihm gehört hatte. Nur widerstrebend gestand er sich ein, dass er immer wieder an das Kind denken musste, dem es nach Baltashas Überzeugung bestimmt war, Zeichen einer göttlichen Allmacht zu werden, Verkünder einer Wahrheit, die nicht menschlichen Ursprungs ist. Ist es möglich, dass der Rishi recht hat? Immer größeren Raum gewann das Kind in seinem Denken. Die Zweifel schwanden zwar nicht gänzlich, doch sie meldeten sich immer seltener und machten einem Gefühl der Ungeduld Platz. Aus der Ungeduld wurde schließlich Sehnsucht, die von Tag zu Tag wuchs. Doch noch war seine Sorge stärker, was sein Vater dazu sagen würde.

Radscha Bhadramukha hörte seinen Sohn geduldig an. Gaspars Worte wirkten wie Wellenkreise, mal schwach, mal stärker erkennbar – wie ein ins Wasser geworfener Stein. Was er vernahm, schien ihm ungeheuerlich. Wenige Male unterbrach er ihn, um sich dieses oder jenes genauer erklären zu lassen. Tief bewegt schwieg er schließlich lange, nachdem Gaspar geendet hatte. Er spürte, dass da etwas geschah, was das Leben seines Sohnes von Grund auf verändern würde.

„Ich kann dir die Entscheidung nicht abnehmen, Gaspar", sagte er schließlich. „Aber ich kenne Baltashas Herzensgüte und Weisheit. Als ich ihm zum ersten Mal begegnete, warst du etwa so alt wie Sivaratnam, dein Sohn und mein Enkel, heute. Er ist meinem Herzen ganz nahe, du weißt es. Er weiß es auch. Seiner Überzeugung kannst du vertrauen; ich habe das viele Male in meinem

Leben erfahren. Ich wüsste niemanden, der weiser wäre als er, dessen innere Ruhe und tiefe Gelassenheit ich mehr bewundere. Was er über – wie sagst du, ist sein Name? Malkyor? Was er über jenen sagte, trifft so ganz und gar auf ihn zu. Seine Freundschaft gilt mir so viel wie … wie meine Ehre als Radscha von Yalpanam.

Dein Herz sagt dir, dass du ihn begleiten sollst. Ich höre das aus deinen Worten heraus. Tut es auch dein Verstand, dann folge dieser Stimme. Sorge dich nicht um mich; mir geht es gut. Sprich mit der Rani und erzähle ihr, was du mir berichtet hast. Sie wird gutheißen, was du tust. Sie ist dir ebenbürtig. Und ihre Liebe wird die deine vertreten, solange du", seine Stimme schwankte, „fort bist."

Am 16. Tag des Monats Wesak sandte Gaspar durch einen Boten einen Brief an Rishi Baltasha mit dem Bescheid, er werde ihn begleiten. Der letzte Satz lautete: „Wenn Er ist, kann Er alles verlangen."

In der Nacht nach dem Aufbruch des Dieners wurde Gaspar Peria Perumal, der Radscha von Yalpanam, von Albträumen gequält. Zitternd sprang er auf und versuchte, sich daran zu erinnern. Und in vielen Nächten, die dieser folgten, beschlichen ihn Furcht und Bedenken vor dem, worauf er sich eingelassen hatte.

3. In der Mitte der Nacht

Der Lagerplatz war gut gewählt. Nur wenige Schritte hinter den hochragenden Felsen, die den Männern Schutz boten, floss ein kleiner Bach durch eine Schlucht, die so tief war, dass sie selbst um die Mittagszeit im Schatten lag.

Maxentius Dedo hatte die letzte Wache übernommen. In seinen Mantel gehüllt, die Hände um die hochgezogenen Knie gelegt, saß er vor der Höhle und wartete auf die Morgendämmerung. Vor dem Wind, der von der nahen Küste über die Ebene strich, schützten ihn und die schlafenden Legionäre kleine Gruppen niedrig gewachsener Mandelbäume und verkrüppelter Sträucher. Der Boden war, so weit das Auge reichte, mit Disteln bedeckt, dazwischen wuchsen vereinzelt leuchtend gelbe Krokusse; jetzt, zwischen Nacht und Tag, waren sie kaum zu erkennen

Der Zenturio zog den Mantel enger um sich, ihn fror. Die Morgenhelle kam ebenso plötzlich, wie die Nacht Himmel und Land jäh mit schwarzer Dunkelheit umfangen hatte. Ein neuer Tag begann. Während er den Helm aufsetzte und den Kinnriemen befestigte, dachte er gereizt daran, dass schon in wenigen Stunden Sonne und flimmernde Luft ihm und seinen Kameraden unbarmherzig zusetzen würden. Aber der Tribun hatte Eile angeordnet. Befehl war Befehl; wer wüsste das besser als ein Legionär …

Dedo erhob sich und ging einige Schritte, um sich die von der Kälte der Nacht gefühllos gewordenen Beine zu vertreten. Dann weckte er seine Gefährten: „Plurix! Es ist Zeit! Scaurus! Tullio! Steht auf!"

Schnell wurden die Pferde an den Bach geführt und getränkt. Jeder versorgte selbst sein Tier; auch Dedo, obwohl die Männer seinem Befehl unterstanden. Aber Disziplin dieser Art war ihm zuwider. Zudem waren sie seit Langem befreundet und Tausende von Meilen gemeinsam geritten. Bei einem Stück Gerstenbrot und einer Handvoll Datteln und Feigen aus den Satteltaschen ihrer Pferde beredeten sie nur das Notwendigste.

Nach dem hastig eingenommenen Essen brachen sie auf. Als sie die nach Antiocheia führende Straße erreicht hatten, ließen sie die Pferde ausgreifen. Noch war das Land eben, doch die fruchtbaren Felder rechts und links wichen schon bald ausgedehnten Kiefernwäldern. Nach etwa zwanzig Meilen gelangten sie auf eine Gebirgsstraße, die sich, dem tief eingeschnittenen Flussbett des Orontes folgend, in unzähligen Kurven auf eine Höhe hinaufwand.

Inzwischen stand die Sonne hoch am Himmel. Die Soldaten ritten schweigend; jeder hing seinen Gedanken nach. Dedo beobachtete aufmerksam die Wälder. Seitdem sie Tyrus verlassen hatten, fühlte er eine ständig größer werdende Unruhe in sich. In Tyrus hatte man ihm warnend berichtet, dass römische Garnisonen im Süden Überfälle gemeldet hätten, bei denen es auf beiden Seiten Tote gegeben habe. Verdammtes Syria!, dachte er. Seit vier Jahren mörderische Hitze und dieser ekelhafte rote Staub, den man nicht mehr aus der Kleidung bringt!

Zu seiner Erleichterung kam es zu keinen Zwischenfällen mit den Banden, die sich in den Bergen versteckt hielten. Nur ein einziges Mal, um die Mittagsstunde des folgenden Tages, fasste er so jäh nach dem Schwert an seiner Seite, dass die Knöchel seiner Hand schmerzten. Einige Meilen hinter Qarqar, einer Stadt am Oberlauf des Orontes, harren ihnen in einem Dorf ein Dutzend

Männer den engen Weg versperrt, die Fäuste in den Falten ihrer braunen Simlahs geballt. Römische Verachtung gegen alle Barbaren verdunkelte Dedos Augen und ließ ihn die brütende Hitze vergessen, die am späten Morgen wieder auf Reiter und Rosse gefallen war und sie keuchend nach Atem ringen ließ.

Der Gedanke, in eine Falle geraten zu sein, kam dem Zenturio nicht. Die Männer da waren nicht bewaffnet. In der engen Gasse würden die Hufe der Pferde eine fürchterliche Waffe gegen die lästigen Störenfriede sein. Dedo fühlte ihre Blicke auf sich gerichtet. Da war nicht nur Feindseligkeit und Hass, auch Unsicherheit und Zögern.

„Bleibt dicht hinter mir", sagte er, den Kopf wendend, zu Plurix, der den Befehl hastig weitergab. Als sie ihre Pferde in Schritt setzten, wichen die Männer zurück, noch immer stumm. Kein Wort, kein Fluch, nur sprachlose Wut. Nach wenigen Augenblicken hatten die Soldaten das Dorf hinter sich.

Dedo ließ Rast machen, als sich am frühen Nachmittag die Straße wieder unvermittelt in das Tal des Orontes hinabsenkte. Am Rand einer Lichtung, zu der ein Trampelpfad führte, gaben große, dicht stehende und blassrot blühende Oleandersträucher hinreichend Schatten. Hinter ihnen entdeckte Tullio einen Bach. „Bei Fortuna, hier gibt es Wasser!", rief er seinen Kameraden zu. „Kommt her! Hier können wir lagern."

Der Bach war tief und reißend. Während Tullio die Wasserschläuche vorsorglich nachfüllte, streckten sich Scaurus und Plurix im Schatten aus und schauten Dedo zu, der am Rande des Baches kauerte, den Helm neben sich, und beide Arme bis zu den Ellbogen in das eiskalte

Wasser tauchte. „Sollen wir zurückreiten und die Häuser dieses elenden Nestes in Brand stecken?", fragte Scaurus.

Der Zenturio blickte den Frager verständnislos an, dann zuckte er gereizt die Achseln. „Ich denke nicht mehr an diese Männer", erwiderte er. „Was hätten sie schon ernsthaft gegen uns ausrichten können, mit bloßen Händen?" Er wischte sich die schweißnasse Stirn. „Beim Orkus, ist das heiß! Jetzt will ich ein wenig schlafen. Haltet die Augen offen! In einer Stunde möchte ich geweckt werden."

Die Residenz des Oberbefehlshabers der römischen Besatzungsmacht in Syria lag hoch über der Stadt, am Westhang des Berges Silpius. Die vier Reiter hatten kaum einen Blick für die von Menschen aller Hautfarben wimmelnden Prachtstraßen Antiocheias. Sie waren erschöpft und müde nach dem langen Ritt. Die Sonne stand tief im Westen, als Dedo mit seinem kleinen Trupp durch das Tor des Kastells ritt. Den herbeieilenden Wachen wurden die Pferde übergeben mit der Order, dem Statthalter unverzüglich die Ankunft der Kuriere aus Tyrus zu melden.

Dedo ließ seine Männer abtreten. „Wir sehen uns nachher. Was haltet ihr von einem Würfelspiel?"

Plurix strich sich die blonden Haare aus der Stirn. „Würfeln ist gut", lachte er. „Du weißt ja, dass ich mit meinem Sold nie auskomme. Wenn ich euch ein paar Denare abnehmen kann ..."

Ein Tribun trat an Dedo heran und forderte ihn auf, ihm zu folgen. Den Schatten einer Säulenhalle hinter sich lassend, überquerten sie einen weiten, mit Platanen bewachsenen Platz. In seiner Mitte erhob sich eine sechs

Fuß hohe Augustus-Statue. An bewaffneten Wachsoldaten und aufgepflanzten Legionsadlern vorbei gelangten sie zu einer breiten Treppe an der Ostseite des Platzes, der von unterschiedlich hohen Gebäudekomplexen flankiert wurde. Dedo bemerkte erst jetzt, dass sein Begleiter das linke Bein nachzog. Ein Veteran, dachte er. Bei welchem Feldzug mag er wohl verwundet worden sein …

Im zweiten Obergeschoss angekommen, durchschritten sie endlos scheinende schmale Korridore. Niemand begegnete ihnen. Am Ende des letzten Flures betraten sie einen großen Raum. Der Fußboden war verschwenderisch mit Mosaiken ausgestattet, die Kampfszenen darstellten. Goldfarbene Vorhänge sorgten für gedämpftes Licht. Der Tribun befahl Dedo zu warten. „Der Hegemon wird dich sogleich empfangen", sagte er förmlich.

Dedos Gefährten hatten sich unterdessen bei dem wachhabenden Offizier gemeldet, der ihnen ein Lager für die Nacht anweisen ließ und sie im Übrigen für die nächsten zwei Tage beurlaubte. Nachdem sie sich gewaschen und die staubverkrustete Uniform gewechselt hatten, versorgten sie sich mit Essen und Trinken und ließen sich den Weg zum Tagesraum zeigen. Nur wenige Legionäre saßen auf den Bänken und vertrieben sich die freie Zeit mit Würfelspiel.

Plurix blieb unschlüssig vor der Tür stehen. Er fühlte sich müde und erschöpft und hätte gern ein wenig geschlafen, doch das war ein Wunsch, den seine Kameraden ganz und gar nicht verstanden.

„Dafür ist die Nacht da. Sei vernünftig, Plurix!", sagte Scaurus lachend. „Meine Kehle ist schon ganz trocken.

Euch geht es doch gewiss nicht anders." Er stieß Tullio in die Rippen. „Ein voller Becher muss her." Sie ließen sich auf einer Bank nieder und legten ihre Schwerter neben sich.

„Viel unterhaltsamer", fuhr Scaurus fort, missbilligend die gekalkten Wände betrachtend, „wäre es ja in einer richtigen Schenke in Gesellschaft einiger griechischer Mädchen. Ich sehe schon: Das wird ein langweiliger Abend. Hoffentlich kommt Dedo bald." Er rümpfte die Nase und schüttelte sich. „Wie das hier riecht! Nach Menschen und Leder und Knoblauch … Wann, bei allen Göttern, ist hier wohl zuletzt gelüftet worden? Doch wie kommen wir möglichst schnell an einen Würfelbecher?"

„Wenn man sich erhebt", erklang Dedos Stimme hinter ihnen, „und sich einen von den Tischen da holt."

Überrascht schauten sie zu ihm auf. „Bist du schon zurück? Hat der edle Quirinius mit dir gesprochen? Hast du auch korrekt salutiert?" Dedo sah den freundschaftlichen Schalk in ihren Augen und setzte sich lächelnd zu ihnen. Geduldig beantwortete er ihre Fragen. Er habe sich bei der Leibwache nochmals ausweisen müssen, danach sei er zu dem Hegemon geführt worden und habe das kaiserliche Schreiben in seine Hände gelegt. „Ihr wisst ja", schloss er, „dass man mich in eurem Beisein angewiesen hat, das Dokument aus Rom Quirinius persönlich zu überreichen. ‚Ihm selbst, verstanden? Abtreten!'" Sein jungenhaftes, wettergebräuntes Gesicht unter dem dunklen Haar wurde ernst. „Befehl ausgeführt, Tribun!", sagte er, die rechte Hand an die Stirn führend, als stünde er noch vor seinem Vorgesetzten.

Die anderen lachten. Scaurus schaute prüfend zu den Tischen. „Wartet! Ich bin gleich wieder da." Als er einige

Augenblicke später mit einem großen Krug und einem Würfelbecher zurückkam, wäre er beinahe mit einigen Soldaten zusammengestoßen, die soeben den Raum betreten hatten. „Verzeihung, Kamerad!", murmelte einer von ihnen. „Ich war unachtsam." Scaurus nickte lächelnd und setzte sich wieder.

Dedo blickte ihnen nach. „Das ist doch ..." Ungläubiges Staunen lag in seiner Stimme. „Rella!", rief er voller Freude und sprang auf. „Sentius Rella!"

Einer der Soldaten, ein hochgewachsener Zenturio, wandte sich um. Einige Augenblicke später lagen sich die beiden Männer in den Armen.

Publius Sulpicius Quirinius neigte zustimmend den Kopf, als der Sprecher der achtköpfigen Arbeitskommission, seine Notizen zu Rate ziehend, den Stand der Dinge zusammenfasste. „Bis hierher", schloss Fabius, „sind die Planungen gediehen, gestützt auf den Erlass, den der erlauchte Caesar dir, edler Hegemon, vor einigen Monaten zukommen ließ." Er legte seine Aufzeichnungen auf den Tisch zurück.

„Ich danke euch", erwiderte der Hegemon, freundlich auf die um den niedrigen Tisch versammelten Beamten der Planungsgruppe blickend. „Nun sind die nächsten Schritte zu erörtern und in konkrete Pläne umzusetzen." Er beugte sich über den Tisch und nahm ein Pergament mit dem Siegel der kaiserlichen Amtsstuben zur Hand. „Dieses Dokument", erklärte er, „ist vor wenigen Stunden durch Kuriere in meine Hände gelangt. Es stattet mich mit allen Vollmachten für das vor uns Liegende aus." Nach kurzem Zögern reichte er es an Fabius weiter und lehnte sich zurück. „Fabius wird euch mit dem Wortlaut des Ediktes bekanntmachen."

Der Beamte verneigte sich gegen den Hegemon. „Mit deiner Erlaubnis, edler Quirinius." Seine Stimme hebend, verlas er den Erlass der kaiserlichen Kanzlei, vom Caesar selbst unterzeichnet und damit in Kraft gesetzt:

Divus Augustus Caesar an
P. Sulpicius Quirinius, Legatus Augusti Pro Praetore

Der seit zwanzig Jahren in vielen Provinzen des Reiches – Gallia war die erste – durchgeführte Zensus hat in wünschenswertem Maß zum Wachstum des Steueraufkommens beigetragen. Nach den gemachten Erfahrungen ist er ein wichtiger Faktor, Geldmittel zum Ausbau und zur Sicherung der Reichsgrenzen und zum Unterhalt unserer Legionen und Flotten bereitzustellen. Diese Tatsachen sind dir, edler Quirinius, aus deiner Amtstätigkeit als Konsul bekannt. Seit Wir dich vor vier Jahren von der Weiterführung deines Amtes entbanden und dich als vorläufigen Nachfolger des edlen Agrippa – gesegnet sei sein Andenken! – in den Orient entsandten, hast du deine Erfahrungen an der Spitze kaiserlicher Provinzen umsichtig und mit großer Tatkraft zum Wohle des Imperiums eingesetzt. Wir hatten einige Male Gelegenheit, deine Verdienste vor den im Senat versammelten Vätern lobend zu erwähnen. In diese Aktion der Provinzialschätzung sollen nunmehr auch Syria und die angeschlossenen Provinzen einbezogen werden. Zu weiteren Einzelheiten verweisen Wir auf Unseren Anfang Januar dieses Jahres herausgegebenen Erlass, in dem Wir Unseren Entschluss, die ganze

Oikumene aufzuzeichnen, dargelegt und begründet haben.

Verbindlich ist das römische Zensusrecht, das strikt anzuwenden ist. Lokale Modifikationen, sofern sie römischem Recht nicht widersprechen, legen Wir in dein Ermessen, das von deiner Erfahrung gestützt ist. Von ausschlaggebender Wichtigkeit ist – es sei hier wiederholt – für die Erhebung der Reichssteuern die namentliche Erfassung aller Personen, nach Stämmen und Geschlechtern geordnet, nach Stand, Alter, Besitz und Einkommen. Zur lückenlosen Erfassung sind alle, die sich außerhalb ihrer heimischen Herde befinden, aufzufordern, dorthin zurückzukehren, um ihre Besitzrechte zu deklarieren.

Es ist Unser Wille, dass du umgehend alle Maßnahmen ergreifst, die den Beginn der Apographe spätestens Anfang nächsten Jahres möglich machen. Zu gegebener Zeit werden dir Zensusbeamte zur Vorbereitung und Durchführung der Aktion überstellt. Alle Befehlshaber der XVI. Legion und ihrer Hilfstruppen in sämtlichen Garnisonen sind dir zum Gehorsam verpflichtet und haben deinen Anordnungen Folge zu leisten. Andernfalls sind sie am Leben zu strafen.

Gegeben zu Rom, VI. Kal. des März 746 a.u.c.

„Bei allen Göttern Roms, ist das ein unerwartetes Wiedersehen!", sagte Sentius Rella, nachdem ihm Dedo über die Ereignisse des letzten Tages berichtet hatte. Die braunen Augen unter seiner breiten Stirn strahlten vor Freude. „Weg mit den Würfeln!", fuhr er fort und hob den Becher an seine Lippen, den Tullio nach der stürmischen Begrüßung gefüllt hatte. „Da sage noch einer, es gebe keine glücklichen Zufälle. Im äußersten Osten des Imperiums treffe ich meinen Freund Maxentius Dedo wieder. Das muss gefeiert werden! Aber du hast mir deine Kameraden noch gar nicht vorgestellt."

Dedo fand für jeden seiner Gefährten ein freundliches Wort. Als er Plurix' Namen nannte, lag ein warmes Lächeln auf Rellas Gesicht. „Du bist Gallier, nicht? Ich entsinne mich, dass Dedo mir schon von dir erzählt hat. Schön ist dein Land. Und hervorragende Weine gibt es in deinen Schenken." Er verlor sich in Erinnerungen. Bis September vergangenen Jahres habe er in einer der Garnisonen von Massilia Dienst getan. Sechs oder sieben Monate zuvor sei er von Tolosa dorthin abkommandiert worden. Burdigala, am Rhodanusfluss gelegen, kenne er auch, setzte er hinzu. Plurix hörte mit gespannter Aufmerksamkeit zu, und brennende Sehnsucht nach seiner Heimat überkam ihn. Stumm saß er da und drehte den Weinbecher in den Händen.

Rella entging der Eindruck nicht, den seine Worte auf den Gallier machten, und er brach taktvoll ab. Wie viele Elitetruppen hat der große Caesar in Marsch gesetzt, ging es ihm durch den Sinn, um dein Land niederzuwerfen, mit Speeren und Wurfgeschossen und den Schwertern unserer Männer ... Ich könnte es dir nicht verdenken, wenn du uns verachten würdest, weil wir die Heiligtümer deiner Väter verwüstet und zerstört haben. Liebt ihr nicht euer Land wie ein Römer das Capitol liebt und das Forum Romanum oder den Jupitertempel?

„Ein unstetes Leben war es", fuhr er nach längerem Schweigen fort. „Seit einem knappen Jahr bin ich hier stationiert und Quirinius und dem Kommandanten der Festung unterstellt." Er hob den Kopf, bemüht, einen leichten Ton zu finden. „Trinken wir auf den edlen Hegemon!" Die Soldaten kamen seiner Aufforderung nach und tranken schweigend. Rella schaute Dedo an, der ihm gegenüber saß, und fragte: „Welchen Eindruck hattest du von ihm?"

Dedo sah überrascht auf. „Ich habe ihm das Schreiben übergeben, wie mir befohlen wurde", entgegnete er. „Du wirst den Hegemon besser kennen als ich." Kaum zwei Stunden sind vergangen, dachte er, seit ich zu ihm geführt wurde, ich, Aulus Maxentius Dedo, Zenturio der XI. Legion. In purpurgeschmückter Toga praetexta aus weißem Wollstoff hatte Quirinius hinter seinem Arbeitstisch gestanden, über eine Landkarte gebeugt. Sein freundlich abwägender Blick hatte auf Dedo geruht, als der Kurier aus Rom, gehüllt in den versilberten Schuppenpanzer des Zenturio, die rechte Hand erhob, einige Schritte hinter der Tür stehenbleibend. „Heil dir, Hegemon!"

Sentius Rellas Stimme holte Dedo aus seinen Gedanken zurück. „Er ist einer der fähigsten Männer Roms und seit vier Jahren im Osten des Reiches mit großen Aufgaben betraut. Seit ich hier bin, habe ich häufig an Besprechungen teilgenommen, wenn es um militärische Angelegenheiten ging! Publius Sulpicius Quirinius entstammt einem der ältesten Adelsgeschlechter aus Tusculum in den Albanerbergen, so sagt man. Die Interessen Roms gehen ihm über alles. Aber die ihm gegebene Macht hat ihn nicht verdorben. Ich wünschte, man würde mich länger hier in seinem Stab belassen. Und Antiocheia ist schön. Nicht ohne Grund nennt man sie die Perle des

Ostens." Bedauern und Selbstironie färbten den Klang seiner Stimme. „Aber das ist euch ja auch nicht unbekannt", fuhr er fort. „Das Soldatenleben ist ein ruheloses Nomadendasein ..."

Dedo sah ihn fragend an. „Wie meinst du das, Sentius? Wartet schon wieder ein neues Kommando auf dich?"

Rella nickte bejahend. „Ende des Monats werde ich als Stabsoffizier nach Caesarea gehen. Der Kommandant hat mich angefordert. Irgend jemand", er lachte auf, „muss mich bei ihm in ein gutes Licht gesetzt haben. Auf also nach Caesarea!" Die Glückwünsche zu seiner Beförderung wehrte er gelassen ab.

Tullio, der Dienstälteste der kleinen Gruppe, versuchte einen gut gemeinten Trost. „Ob Stabsoffizier in Hispania, auf Creta oder in der numidischen Wüste, Dienst ist schließlich Dienst. Bei allen Göttern Roms, auf meinem Rappen bin ich auf vielen Straßen des Imperiums geritten und habe ungezählte Marschkolonnen hinter mir gelassen. Ich denke, es ist belanglos, wo uns der Sold ausbezahlt wird."

Aus den Ställen drang das Schnauben der Pferde zu den Männern herauf. Ein böiger Wind rüttelte an den Fenstern; irgendwo schlug eine Tür krachend zu.

„Dann haben es die Götter Roms gut mit dir gemeint", gab Rella zurück. „Ich habe so manchen Kommandanten kennengelernt, den ich nicht um seinen Posten beneide, und nach allem, was ich bisher erfahren habe, gehört mein künftiger Vorgesetzter auch dazu. Caesarea ist ein Wetterloch." Und als werfe er in plötzlich aufsteigendem Zorn eine Münze auf den Tisch wie jemand, der ein Spiel verloren geben muss, fragte er in die Stille hinein: „Habt ihr den Namen Herodes schon einmal gehört?"

Dedo suchte seinen Blick. Rellas Augen blitzten; Verachtung und Wut sprachen aus ihnen. Mit einer ungestümen Bewegung hob er den Becher und leerte ihn in einem Zug. Schweigend, mit zusammengepressten Lippen, sah er zu, wie Dedo den Krug zu sich heranzog und den Becher wieder füllte. Er schob ihn vor Rella hin: „Trink, Sentius!"

Rella lächelte ihm dankbar zu. Den Becher mit beiden Händen umfassend, sagte er: „Trinken wir gemeinsam auf das Wohl des edlen Quirinius! Eine schwierige Aufgabe liegt vor ihm. Sie wird seine ganze Tatkraft fordern. Aber er wird sie meistern." Er führte den Becher an die Lippen. „Auf Roms ruhmreiche Größe! Auf Publius Sulpicius Quirinius, den fähigsten Mann Roms im ganzen Osten!"

An einem der Tische hinter ihnen summte ein Legionär ein Soldatenlied. Seine Kameraden hörten ihm belustigt oder gelangweilt zu. Einer seiner Nachbarn, fast noch ein Kind und offenbar erst seit wenigen Wochen oder Monaten unter dem Eid auf den römischen Adler, versuchte lachend, ihn aus dem Takt zu bringen. Längst waren sämtliche Bänke an den Tischen besetzt; halblautes Gelächter und Stimmengewirr erfüllten den Tagesraum. An fast allen Haken, die ringsum an den kahlen Wänden befestigt waren, hingen die gefürchteten römischen Kurzschwerter.

Dedo bemerkte Rellas Grübeln. Ablenkend fragte er: „Zwei Mal haben wir auf den edlen Hegemon getrunken. Sollten wir nicht auch der Götter gedenken? Vergessen wir sie, könnten sie ihm unsere Trinksprüche neiden."

Alle lachten, als Tullio die Bemerkung einwarf, die Götter hätten wohl Besseres zu tun, als sich darum zu kümmern, was römische Legionäre beim Wein von sich geben. Nur Plurix saß schweigend da. Undeutliche, nebelhafte Erinnerungen wirbelten in ihm auf und beschäftigten ihn. Wo war das nur?, dachte er angestrengt, die Finger gegen die Stirn gepresst. Tyrus! Ja, in Tyrus hatte er, mit halbem Ohr nur, den Namen Herodes gehört. Wie lange lag das zurück? Zwei Monate? Drei? Nach dem Mittagessen hatte er an diesem dienstfreien Tag, den Rücken gegen einen Baumstamm gelehnt, in der Nähe eines Tribunen gesessen, der den um ihn auf dem Rasen sitzenden Legionären von einem Überfall auf einen römischen Militärposten in den Bergen Judäas berichtet hatte. Alle Soldaten waren niedergemacht worden. Als Vergeltungsaktion hatte der Tribun die Männer aus den umliegenden Dörfern zusammengetrieben und zehn von ihnen, wahllos aus den Reihen geholt, kreuzigen lassen.

„Versteht ihr", hatte er mit unterdrückter Wut gesagt, „was ich mit den Krallen des römischen Adlers meine? Wenn er gereizt wird, schlägt er zu. Warum hassen sie uns so? Suchen sie etwa den ehrlichen Kampf, Mann gegen Mann? Nein! Hinterrücks tauchen sie auf. Plötzlich sind sie da. Man hat kaum Zeit, das Schwert zu ziehen, und wie Wetterleuchten hinter ihren verfluchten Bergen sind sie verschwunden. Aber ihre Gesichter vergisst du niemals mehr!" Wenn es nach ihm ginge, hatte er grimmig hinzugefügt, marschierte er mit einer Kohorte aus den vier Legionen, die im Osten des Imperiums stationiert seien, nach Jeruschalajim und brächte diesen Herodes in Ketten nach Rom. „Doch wir müssen auf dieses Ungeheuer noch Rücksicht nehmen. Seine Hauptstadt dürfen wir nicht betreten. Herodes, du erbärmlicher kleiner Judenkönig, hätte ich Befehlsgewalt ..." – König also ist er, dachte Plurix. Einer der vielen Despoten in den Randgebieten des Reiches.

Rella fuhr zornig auf, als der Gallier erzählte, was er an jenem lange zurückliegenden Nachmittag gehört hatte. „Der Tribun ist ein Esel, oder, schlimmer noch, ein jähzorniger Bursche, den man vor ein Kriegsgericht stellen sollte. Was können die Dorfbewohner dafür, wenn sich in ihren Bergen blindwütige Sikarier oder Zeloten verstecken und bei jeder Gelegenheit römische Legionäre niedermetzeln! Vergeltungsaktion! Habt ihr schon einmal Menschen am Kreuz sterben sehen? Das ist kein Sterben, das ist ... das ist ..." Er atmete schwer. Lange schwieg er, den Kopf in die Hände gestützt.

Seine Stimme klang brüchig und rau, als er weitersprach: „Nach Rom möchte er ihn schaffen lassen? Was sollen wir mit ihm in Rom?! Nehmt ihm seine Leibwache! Nehmt ihm seine Spitzel und Folterknechte und liefert ihn seinem Volk aus! Dann ist er nur noch ein winselnder, zahnloser Hund, der um sein Leben bettelt und auf dem Bauch kriecht ... Aus den Steppen des Südens ist er gekommen. Er ist nicht einmal Jude. Der römische Senat hat ihn auf den Thron gehoben, ihn, einen Idumäer, als König über Judäa, Galiläa, Samaria, Idumäa und Peräa! Jahrzehntelang hat der Caesar ihm vertraut und ihn sogar gegen Vorwürfe und Verdächtigungen verteidigt. Von Ehrgeiz und Machtgier zerfressen, hat Herodes es immer wieder verstanden, Verschwörungen gegen ihn zuvorzukommen und seine Macht zu behaupten. Aber das Maß ist längst übervoll. Nach einem Einfall in Nabatäa, der Tausende von Menschenleben kostete, hat der Caesar ihm die

Würdigung ‚Freund des Kaisers und Bundesgenosse des römischen Volkes' entzogen und ihn damit tief vor aller Welt gedemütigt. An seiner Familie lässt Herodes seinen unstillbaren Rachedurst aus, denn er weiß, dass seine Söhne schon auf die Beute lauern. Ein Menschenleben bedeutet ihm nichts. Die bloße Nennung seines Namens verbreitet Abscheu und Entsetzen. Ein tobender alter Mann ist er, näher am Grab als wir, wenn uns hundert Parther auf Schwertlänge gegenüberstehen."

Wieder fiel Rella in Schweigen. Dann hob er den Kopf. „Wir sollten schlafen gehen, ihr seid gewiss müde nach dem langen Ritt."

Dedo schaute fragend auf seine Gefährten: „Sprich weiter, Sentius. Vielleicht werden wir länger hier stationiert sein. Und da das Reich des Herodes dem Statthalter von Antiocheia untersteht …"

Rella warf einen langen Blick auf Dedo. „Ich hoffe es für euch, denn Syrias Hauptstadt ist schön. Man sagt von ihr, nach Rom und Alexandria die schönste der Welt zu sein. Aber Marschbefehle werden schnell erteilt … vielleicht werdet ihr sehr bald nach Caesarea versetzt. Von da nach Jeruschalajim sind es nur zwei Tagesritte."

„Du sagst, Herodes sei alt und todkrank", warf Scaurus ein. „Warum erhebt sich das Volk nicht und setzt ihn ab?"

Rella lachte laut auf. „Er hat ein dichtes Netz von Spitzeln und Denunzianten über Jeruschalajim gelegt und lässt Menschen wahllos foltern und hinrichten. Niemand ist vor seiner Grausamkeit sicher. Niemand! Nein! Aus dem Volk ist kein Widerstand zu erwarten. Es duckt sich angstvoll und erträgt ihn seit dreißig Jahren. Was hätte aus Herodes werden können …", seine Stimme war kaum zu verstehen. „Städte hat er gebaut oder prachtvoll ausgestaltet. Caesarea ist nur eine von vielen. Alle Großen seiner Zeit hat er gekannt und ihre Freundschaft gesucht. Mit Kleopatra soll er ein Verhältnis gehabt haben. Und wenn ihn das Glück zu verlassen drohte, verlor er dennoch nie den Kopf. Aber er ist, was er immer war: gewalttätig, hinterlistig, größenwahnsinnig. Auf seinem Weg zum Thron hat er sich von niemandem aufhalten lassen. Alle wurden beseitigt, auf die seine Gegner ihre Hoffnung setzten, selbst seine Frau, weil sie aus dem Geschlecht der Hasmonäer stammte. Hunderte von Widerstandskämpfern flohen vor ihm in das wilde Bergland Galiläas. Es nützte ihnen nichts; Herodes spürte sie auf."

Rella erhob sich plötzlich und stützte die Hände auf den Tisch. Dedo erschrak, als er seine Miene sah. „Vor den Höhlen, in denen sie sich versteckt hielten, ließ Herodes Holzstöße aufrichten und in Brand stecken. Von Hitze und Rauch halb von Sinnen, taumelten die von ihm seit Wochen gejagten Partisanen heraus. Seine Soldaten standen an den Eingängen und hieben alle nieder. Viele von ihnen waren Frauen und Kinder, ihre Kleider brannten, sie waren ohne Waffen. Sie ergaben sich mit erhobenen Händen und wurden dennoch umgebracht. Wer vergreift sich an wehrlosen Frauen und Kindern …"

Er setzte sich wieder und griff so heftig nach dem Becher, dass er den Wein verschüttete. Dedo langte nach dem Krug und füllte den Becher bis an den Rand. Rella lächelte ihm dankbar zu. Die Soldaten an den Nebentischen, die aufmerksam geworden waren, wandten sich wieder ihren Kameraden zu.

Rella brach das gedrückte Schweigen, das seinen Worten folgte, und murmelte eine Entschuldigung: „Der Wein steigt mir zu Kopf, du solltest mir den Becher aus der Hand schlagen, Dedo, statt ihn nachzufüllen!"

Er schüttelte sich und reckte die Schultern. „Aber wir werden ihm zeigen, wer der Herr der Welt ist, ihm und seinem halsstarrigen Volk. Mit Duodezfürsten seines Schlages sind wir noch immer fertig geworden. Ebenso mit den Rebellen, die ihre Landsleute gegen Rom aufhetzen wie dieser Juda ben Hiskia. Die Zensusaktion wird sie nochmals aufstacheln und ihre Wut vervielfachen, doch es wird ihnen nichts nützen. Wir werden ihren Stolz brechen, wenn wir ihnen den Treueeid auf den Caesar abverlangen."

„Juda ben Hiskia?", Tullio schaute ihn fragend an. „Wer ist das?" Sentius Rella verzog angewidert die Lippen: „Eine kleine dreckige galiläische Ratte. Er ist der Kopf einer Widerstandsbewegung, die anlässlich des Pascha-Festes in Jerusalem einen Aufstand provozierte. Abscheuliche Heiden nennt er uns und gibt sich als Erlöser aus, als Retterkönig und Messias. Geschickt schürt er damit die Hoffnungen der Juden, die schon ihren Kindern, kaum dass sie laufen können, von einem Messias erzählen, der die Welt beherrschen soll." Beißender Spott lag in seiner Stimme: „Diese von Waffen klirrende Welt? Wie sollte ihm das gelingen ..."

4. Zahllos sind die Wege Gottes

Die Magd beugte sich tief und schaute mit angestrengter Aufmerksamkeit auf die Münzen, die Gaspar ihr in die offene Hand gelegt hatte. Sie stammelte einige Worte, schloss die Finger fest um die Geldstücke und eilte hinaus. Gaspar blickte ihr nach, dann trat er aus dem Tor. Seit sie unterwegs waren, hatten er und seine Begleiter nur selten in einem Khan übernachtet, der reinlicher war als dieser, in dessen fensterlosen Mauern sie mit ihren Tieren den Anbruch der Nacht erwartet hatten.

Unförmig dicke Bäume umgaben den Khan und schlossen ihn fast völlig ein. Ihre seltsam gefleckten und knotigen Äste trugen hellrote Früchte, die einen starken Geruch verströmten. Viele lagen am Boden, bedeckt und umschwärmt von schwarzen Fliegen. Baltasha hatte am frühen Morgen, während die Diener sich um die Elefanten kümmerten, mit den Männern, die mit kleinen Säckchen um den Hals auf hohen Leitern standen und die Früchte mit flinken Händen pflückten, einige Worte gewechselt. Die Menschen hier, erzählten die Männer, lebten vom Fischfang. Aber auch an Fleisch und Früchten, besonders Datteln, mangelte es nicht.

Die Diener eilten Gaspar entgegen, als sie ihn kommen sahen, und halfen ihm auf den Elefanten. Baltasha und Malkyor warteten schweigend und geduldig, bis der Radscha sein Tier bestiegen hatte. Dann setzten sie längs einer verfallenen Mauer ihren Weg nach Norden fort. Von der nahen Küste führten ungewöhnlich viele Straßen ins Landesinnere; auf ihnen brachten von dort kommende Karawanen ihre Waren in die Hafenstädte: Pfeffer, Baumwollgewebe und Seidenstoffe, Kostuswurzeln und Elfenbein.

Baltasha ritt wie gewohnt voraus. Ihm folgten Gaspar und Malkyor. Die Elefanten mit den acht Dienern bildeten den Schluss des kleinen Zuges. Der Mond, bleich und sehr klein, stand hoch über ihnen. Hin und wieder drang das Rauschen der Brandung an ihre Ohren, wenn die Straße sich nach Westen wendete, dem natürlichen Lauf zahlreicher kleiner Flüsse und Bäche folgend, die von den Bergen herabkamen und durch tiefe Schluchten ihren Weg zum Meer suchten.

Nach der lähmenden Hitze, die die Männer in den Schatten des Khans getrieben hatte, war es nun kühl. Gaspar fühlte sich ausgeruht und atmete in tiefen Zügen die klare Luft ein. Traumlos hatte er mehr als sechs Stunden geschlafen, Malkyor zu seiner Rechten, Baltasha links von ihm. Elawa hatte den Platz so sorgsam hergerichtet, wie es unter den gegebenen Umständen möglich war, und sich danach bei Meghavar und den anderen Dienern zum Schlafen niedergelegt.

Seit beinahe zwölf Wochen waren sie unterwegs. In den ersten Wochen hatten sie bei Tage reiten können und in den am Weg liegenden Städten eine Herberge für die Nacht gefunden. Doch hin und wieder war die Suche nach einem freien Platz mühsam gewesen. Die drangvolle Enge war für Baltasha und Malkyor belastend. Gaspar empfand tiefes Mitgefühl für seine Freunde, die Ruhe und Einsamkeit gewohnt waren, aber niemals kam ein Wort der Klage oder des Unmuts über ihre Lippen.

Unerträglich jedoch war die glühende Luft, die sie seit einem Monat zwang, tagsüber auf halber Höhe der ostwärts gelegenen Berge unter himmelhohen Bäumen zu rasten, wenn keine Herberge am Weg lag. Selbst der vom Meer kommende Wind brachte kaum Linderung. Erst abends brachen sie auf, nachdem die Diener wieder alles in den Packsätteln der Lastelefanten verstaut hatten. Myriaden von Sternen begleiteten sie durch die lautlose Einsamkeit der Nächte und jeder Schritt der mächtigen Beine der Elefanten trug die Männer Gawwa um Gawwa – nach dem Baltasha und Malkyor gewohnten Wegemaß Kosha um Kosha – weiter hinauf in den Norden Bharatas.

Gaspars Gedanken waren beständig bei seiner Familie. Der Abschied von den Menschen, die ihm alles bedeuteten, und der Aufbruch von Nallur lagen weit hinter ihm. Die Gegenwart wurde bestimmt von der Hitze des Tages und der Kühle am frühen Morgen, vom nächtlichen Wind, der in den Bäumen rauschte, vom kostbaren, golddurchwirkten Stoff, mit dem die Sänften ausgekleidet waren, vom Funkeln der Sterne über ihnen und dem wiegenden Rhythmus der Elefanten.

Radscha Bhadramukha hatte darauf bestanden, dass die gesamte Flotte seines Reiches den Segler begleitete, der seinen Sohn nach Komarei bringen würde. Er selbst hatte acht Diener ausgewählt, die Gaspar und seinen Reisegefährten Schutz und Hilfe sein sollten. Zwei von ihnen, so hatte er angeordnet, sollten mit den Elefanten zurückkehren, sobald sie den Khaiber Pass erreicht hatten. „Als Radscha von Yalpanam wirst du dem Herrscher aller Herrscher huldigen", hatte er gesagt. „Darum ist es mein Wunsch und Wille, dass die Diener Tag und Nacht für euch sorgen und euren Leib und euer Leben schützen.

Und habt ihr den Palast gefunden, in dem das Kind geboren wurde, dann sollen sie euch vor seinen Thron geleiten und, gleich euch, Haupt und Schultern beugen vor seiner Macht."

Lange hatten sich Vater und Sohn in den Armen gelegen, als die Stunde der Abreise gekommen war. „Wir sehen uns wieder, mein Sohn", flüsterte Bhadramukha. „Die All-Heiligen halten ihre Hand über dich und mich. Fürchte nichts!" Mit einer heftigen Bewegung drückte er seinen Sohn nochmals an sich und legte ihm seine Rechte auf den Kopf. „Ihr Segen begleite deinen Weg! Lebe wohl, mein Sohn!"

Arundathi war gefasst, als das Kommandantenschiff am Landungsplatz festmachte. Die schwarze Flut ihrer Haare umrahmte ihr blasses Gesicht, das vom nächtelangen Weinen zeugte. Als Gaspar sie zum letzten Mal in seine Arme zog, umklammerten ihre Hände seinen Nacken; ihr bebender Körper drückte sich an ihn. Zu ihren Füßen kauerte Sivaratnam, der kleine Aya, und blickte zu seinen Eltern auf. Warum waren so viele Menschen hier? Seine kleinen Hände umfassten Gaspars Knie. Der Radscha beugte sich zu ihm nieder und küsste ihm die Tränen von den Wimpern.

Um sich abzulenken, suchte er während der stundenlangen Schiffsfahrt das Gespräch mit dem Kommandanten und den Hofbeamten, die ihn nach Komarei begleiteten. Doch die Sehnsucht nach dem unbekannten Königskind hatte den Trennungsschmerz gelindert. Im Hafen erwartete ihn Baltasha, der ihn mit großer Freude empfing und ihm den Rishi Malkyor vorstellte. Auf den ersten Blick sahen die beiden einander so ähnlich, dass man glauben mochte, Malkyor sei Baltashas älterer Bruder. Er war ein wenig hagerer; Haupt- und Barthaar war ergraut.

Mit geschlossenen Augen, die Hände hinter dem Kopf verschränkt, lag Gaspar in der Sänfte und überließ sich den Gedanken an die Stunden des Abschieds. Über ihm und seinen Gefährten glühten die Sterne am nächtlichen Firmament: Silber und Gold am Mantel der Nacht.

Um die Mittagszeit des folgenden Tages erreichten sie die Außenbezirke von Barygaza, nachdem sie den Narmada-Fluss überquert hatten. Die Stadt war laut und geschäftig, größer als jede andere, durch die sie seit ihrem Aufbruch gekommen waren. Sie lag gegenüber der Halbinsel Surashtra an der breitesten Stelle einer tief das Land einschneidenden Bucht. Ihre Bedeutung übertraf alle Hafenstädte um ein Vielfaches. Selbst Karaki an der Mündung des Sindhu, Sitz eines sich weit nach Westen ausdehnenden Land- und Seehandels, konnte sich nicht mit ihr messen, obgleich die dort sesshaften Händler von Völkern berichteten, deren Namen niemand sonst kannte.

Aus allen Himmelsrichtungen strebten Karawanen in langen Zügen den Hafenanlagen zu. Ihren Weg konnten Gaspar und seine Begleiter daher nicht verfehlen. Sie hielten sich hinter den Kaufleuten und Treibern, die auf Pferden, Elefanten und Kamelen vor ihnen ritten, um ihre Waren an den Liegeplätzen abzuliefern. Über der Stadt lagen fremdartige Gerüche; die engen Gassen und Straßen waren heiß wie ein Backofen. Es herrschte ein schiebendes Gedränge. Aus dem Stimmengewirr, das oft zu lautem Geschrei anschwoll, waren seltsam fremde

Sprachen und Mundarten herauszuhören. Gaspar blickte auf die Menschen und Ochsenkarren hinab, die ihnen entgegenkamen oder versuchten, sie zu überholen, wenn die Straßen hin und wieder breiter wurden und das drangvolle Geschiebe ein wenig erträglicher machten. Bin ich noch in Bharata?, dachte er.

Die dahin trottenden Tiere wirbelten riesige Staubwolken auf. Aber es lag noch etwas anderes in der Luft; Gaspar fühlte es umso stärker, je näher sie dem Hafen kamen. Ein Heer von Arbeitern war scheinbar plan- und ziellos damit beschäftigt, die hochgetürmten Warenballen, Kisten und Fässer entgegenzunehmen und vor langgestreckten Gebäuden aus ungebrannten Ziegelsteinen zu stapeln, die man in unregelmäßigen Abständen errichtet hatte. Hier war der Lärm noch lauter, noch durchdringender.

Die Anlegeplätze der Schiffe waren in ihrer Ausdehnung der Menge der Waren, die im Hafen anlangten oder ihn verließen, im Lauf vieler Jahre angepasst worden. Sie waren verwirrend groß. In kleineren Buchten lagen Lotsenboote vertäut, mit deren Hilfe die breit gebauten Kastenschiffe, die nach monatelanger Reise ihr Ziel erreicht hatten, behutsam und sicher in den Hafen geleitet wurden, denn die Küste war niedrig und wegen ihrer zahllosen Sandbänke gefürchtet. Jahr für Jahr strandeten hier viele Handels- und Kriegsschiffe. Ihre Ausbesserung dauerte häufig Wochen und verschlang Unsummen. Oft kam es vor, dass die Besatzungen sich dann an den Passagieren schadlos hielten und nur um unverschämt hohen Lohn bereit waren, sie an Bord zu nehmen.

Am Rande eines mit Bäumen eingefassten Platzes stiegen die Diener auf einen Wink Baltashas von ihren

Elefanten und halfen Gaspar und den Rishis aus ihren Sänften. Unschlüssig, was nun zu tun sei, standen sie im Schatten der staubigen Bäume und berieten sich. Gaspar, Radscha eines von Wasser umgebenen Reiches, maß die neue Umgebung mit einem langen, nachdenklichen Blick und unversehens wurde ihm die Ursache seiner Unruhe bewusst. Sein Vater, Radscha Bhadramukha, hatte ihn bei vielen Gelegenheiten aus der Obhut seiner Lehrer und Erzieher genommen, wenn er die Küsten von Yalpanam befuhr. Er kannte sich aus in Häfen. Trotz aller hier herrschenden Geschäftigkeit, ungeachtet allen Geschreis, lag über allem eine bedrückende Lähmung. Die Menschen standen oder hockten mit zornigen oder enttäuschten Mienen herum und sprachen erregt und gestikulierend aufeinander ein. Andere starrten resigniert auf die Segler, die träge im Wasser schaukelten. Niemand war an den Segeln oder den Takelungen, niemand auf Deck. Zunächst hatte er dem Umstand, dass so ungewöhnlich viele Waren vor den Lagerhallen bis hin zu den Molen gestapelt waren, keine Beachtung geschenkt. Nun wurde ihm der Zusammenhang klar: War nicht die ganze Stadt ein einziges überquellendes Warenlager?

Der Weg über die See war ihnen verwehrt.

Eine unbekannte Macht hielt die Zweimaster an ihren Plätzen, gewaltiger und wirksamer als die Anker und das Tauwerk, das um starke, mit Metallbändern umwundene und fast mannshohe Pflöcke geschlungen war. Die hochstrebenden, rechteckigen Rahsegel, aus Schilfmatten gefertigt, blähten sich unter einem auffrischenden Wind. Hinter der langen Reihe der Schiffe mit hochgebauten Achterdecks und fremden Namen dehnte sich der Ozean in endloser Weite unter einem wolkenlosen Himmel, so weit, dass der Horizont sich dem suchenden Auge verbarg. Unter seiner schwerelosen Bläue würden in den nächsten Wochen keine Schiffe mit schäumendem Kielwasser auf das freie Meer hinaussegeln; keine schwieligen Männerhände würden den Bug auf westlichen Kurs steuern.

Der Gegensatz zwischen diesem abweisenden Stillstand und dem stoßenden und lärmenden Gewimmel in den dunklen und engen Gassen der Stadt und vor den Lagerschuppen, den Speichern und Laderampen erschreckte Gaspar. Er teilte seine Befürchtungen den Rishis mit. Sie hörten ihm schweigend zu.

Baltasha blickte zu dem Leuchtturm hinüber, der sich unweit von ihnen hinter einer schmalen Landzunge erhob. Nach kurzem Bedenken meinte er: „Vielleicht hast du recht, Gaspar. Wenn ich an die Geschäftigkeit zurückdenke, die wir im Hafen von Muziris und zuvor in Nelkynda erlebten, ist das hier", er hob ratlos die Schultern, „mehr als sonderbar. Es ist nicht auszuschließen, dass noch immer Seeräuber da draußen lauern. Erinnert ihr euch, was uns in Muziris von ihrer Grausamkeit berichtet wurde? Selbst die dort liegenden Schiffe der römischen Niederlassung getrauten sich nicht auf das Meer. Sollte es so sein, dann werden wir auch hier keinen Segler finden."

Sie mischten sich unter die Händler, um mehr in Erfahrung zu bringen, erhielten jedoch nur verwirrende und widersprüchliche Antworten oder wurden selbst mit Fragen bestürmt, oft in einer Sprache, die nicht einmal Baltasha verstand. Auf ihrer Suche durchstreiften sie – die Diener hatten sie bei den Tieren zurückgelassen – das gesamte Hafenviertel; sie wandten sich an die Arbeiter vor und in den Lagerhäusern. Achselzuckend verwies man sie an den Hafenmeister. Auf ihr Klopfen blieb alles still, das Haus war leer. Immer tiefer gerieten sie in die Gassen. Sie erkundigten sich bei den Wirten in den Hafenschenken.

Der Schankraum, den sie nach langem Herumirren vor einer Stunde betreten hatten, war einladend kühl; die dicken Mauern hielten die Hitze ab. Schwankend vor Müdigkeit und Hunger aßen sie von dem Hammelfleisch, das der Wirt ihnen vorgesetzt hatte, und tranken dazu dicke, mit Honig gesüßte Milch. Aus den vielen Bruchstücken dessen, was ihnen in den vergangenen Stunden zu Ohren gekommen war, formte sich allmählich ein klares Bild. Bis an die Zähne bewaffnete Seeräuber kreuzten auf gut ausgerüsteten, schnellen Galeeren vor der Insel Dioskurides und machten aus den Küsten des Arabischen Meerbusens bis hinauf zu den strategisch wichtigen Häfen Berenike und Myos Hormos eine tödliche Falle, die sie nach Belieben zuschnappen ließen. Der Seehandel war durch diese Bedrohung fast ganz zum Erliegen gekommen. Mehr als hundert Schiffe liefen allein aus den Häfen von Ägypten Jahr für Jahr die Westküste Bharatas an; etwa vier Monate dauerte die Reise. Kaum anders war die Situation am Persischen Golf. Wie jähes Wetterleuchten brachen die Piraten aus ihren in unzugänglichen Buchten versteckten Schlupfwinkeln hervor, kreisten die Kauffahrer ein und griffen sie rücksichtslos an. Wer dem Gemetzel lebend entkam, war bedauernswerter als die Toten. Er wurde als Sklave verkauft.

Tagelang lagen Rauchwolken über dem Meer. Zuweilen trieben Wochen oder Monate später Reste von Kielen, zerfetzte Steuerruder oder Planken der Schiffe, die verbrannt oder in den Grund gebohrt worden waren, an Land. Schließlich fanden sich zum äußersten entschlossene Händler und Kaufleute zusammen. Sie unternahmen das Wagnis und sandten mehr als vierzig schwer bewaffnete Galeeren, geschützt durch römische und griechische Kriegsschiffe, auf die weite Reise. Sie kamen wohlbehalten an. Die Piraten waren vor dieser geballten Macht zurückgeschreckt.

Doch wie sollte es weitergehen? Das einmal geglückte Wagnis würde sich nicht immer wiederholen. Es musste etwas Entscheidendes geschehen. Zunächst jedenfalls war nicht daran zu denken, das Leben von Besatzungen und Mitreisenden zu gefährden. So lagen also Abertausende von Warenladungen in den Häfen des Überseehandels: Bronzegefäße und Silbergeschirr, Kameen, Harze, Honig, Weihrauch, Wein, Diamanten und Quarze; die Karneolgruben in der Nähe von Barygaza waren weit über die Landesgrenzen hinaus berühmt. Ebenso bedrückend war die Lage in den Hafenstädten jenseits des Meeres. Vergeblich waren die inständigen Bitten der Händler, riesige Mengen an Zinn und Kupfer, Farbstoffe und Salben, Leinenstoffe und Styrax verladen zu lassen.

„Sollen wir etwa dafür unseren Hals riskieren?" So oder ähnlich hatten es Gaspar, Malkyor und Baltasha seit heute Mittag häufig gehört, wenn sie nach dem Auslaufen eines Seglers fragten, mit dem sie nach Myos Hormos oder wenigstens nach Dioskurides gelangen könnten. „Wir können euch nicht helfen. Versteht ihr das nicht? Habt Geduld oder zieht weiter!", rief man ihnen nach, wenn sie sich enttäuscht abwandten. Einer der Männer, ganz offensichtlich ein Seemann, hatte den Bemerkungen der Umstehenden grollend hinzugefügt: „Der Ozean ist so leer wie ein sternenloser Himmel – abgesehen von den verdammten Piraten da draußen. Niemand wagt sich hinaus. Hört ihr? Niemand!" Der Mann war breitschulterig, seine Haut nussbraun, und unter dem welligen schwarzen Haar schienen Stirn und Schläfen nahezu schwarz. Gaspar hatte den Eindruck, der vierschrötige Fremde könne sie alle drei gleichzeitig mühelos in die Luft heben.

Doch es gab einen weiteren, sehr gewichtigen Grund für die Vergeblichkeit ihrer Mühen. Seetüchtigkeit und Geschwindigkeit der Schiffe hingen nicht nur von der Erfahrung und Geschicklichkeit ihrer Erbauer ab, sondern in ebenso großem Maße von den Windverhältnissen. Frühestens in einem Monat, hatte man ihnen bedeutet, werde der Nordost-Monsun einsetzen, der den Aufbruch nach Westen gestatte.

Sie waren also zu früh in Barygaza angekommen. Auf eine Frage Malkyors entgegnete Baltasha, die Stadt Surparaka, durch die sie vor einigen Tagen gekommen seien, sei ebenfalls ein bedeutendes Handelszentrum. „Ich halte es jedoch für sinnlos, zurück zu reiten oder es in anderen Häfen zu versuchen. Gewiss würden wir nichts anderes erleben als hier." Nach kurzem Zögern fuhr er fort: „Ich meine, wir sollten aufbrechen, um keine Zeit zu verlieren. Wie denkt ihr darüber?"

Sie berieten sich lange und erwogen alle Umstände. Baltasha musste seine Gefährten nicht daran erinnern, dass er von Beginn an die vom Meer her drohenden Gefahren nicht ausgeschlossen hatte. Sie wussten, dass der Arabische Golf mit seinen zahllosen Buchten und

Inseln seit jeher den Seeräuberflotten und Sklavenhändlern ein geradezu ideales Versteck bot. Einen anderen Weg nach Ägypten gab es jedoch nicht. Auch Mesopotamien war unerreichbar für sie; sie hatten es gehört. Was sie nicht hatten ahnen können, war, dass die Situation so ernst war. Es schien ausgeschlossen, dass die Dinge sich in absehbarer Zeit ändern würden und man damit rechnen konnte, in etwa fünf Wochen die Reise mit dem Nordost-Monsun fortsetzen zu können.

Sie beschlossen, zwei Tage in Barygaza zu bleiben; den Tieren musste Gelegenheit gegeben werden, ausgiebig zu baden und auszuruhen, denn die Wegstrecke, die vor ihnen lag, war lang und beschwerlich. Übermorgen würden sie aufbrechen und durch das unendlich weite Tal des Sindhu-Flusses nach Takshasila reiten.

„Der Strom mit seinen Nebenarmen", erklärte Baltasha, „wird noch überschwemmt sein; es ist Regenzeit. Aber ich denke, dass wir trockenes Land vorfinden werden, wenn wir dort ankommen." Er sagte es mit heiterer Gelassenheit, aus der mühsam gewonnenen Erfahrung eines langen Lebens, das ihn gelehrt hatte, unabänderlichen Dingen mit Gleichmut und tiefer innerer Ruhe zu begegnen, jeden Tag von Neuem. Vor ihrer gemeinsamen Abreise war er länger als zwei Wochen an der Küste von Malajavara von Stadt zu Stadt bis hinauf nach Kakha unterwegs gewesen und hatte mit vielen Sarthavahas gesprochen. Wer hätte ihm auch nützlicher sein können als diese rauen, erfahrenen Männer, die als Karawanenführer jeden Weg, jeden Stein kannten, die wichtigen Umschlagplätze des Handels an den Überlandstrecken jenseits der himmelstürmenden Gebirge im Norden ebenso wie die kleinen Verbindungswege. Sie wussten, wo die Khans, die Rasthäuser, standen, wo eine Wasserstelle oder ein lebensrettender Brunnen zu finden war. Auch an den Lagerfeuern der Nomaden waren sie zuhause.

Überdies hatte er griechische und ägyptische Kaufleute aufgesucht, die den Handel lenkten und organisierten. Das in diesen Tagen erworbene Wissen Baltashas war ihnen auf ihrem Weg eine wichtige Hilfe. Seit ihrem Aufbruch hatten Gaspar und Malkyor immer wieder die Erfahrung gemacht, dass sie seiner Umsicht und Vorsorge blindlings vertrauen konnten. Und nicht zum ersten Mal geschah es, dass Gaspar dachte, Baltasha sei wie einer jener Sterne am nachtblauen Himmel, die still und verlässlich leuchten.

Ein Unwetter hielt sie länger als geplant in Barygaza fest. Tag um Tag vernahmen Gaspar, Malkyor, Baltasha und ihre Diener dumpfes Donnergrollen. Voller Sorge beobachteten sie das Wetterleuchten, das den Himmel über der Stadt und dem Meer in zuckendes Licht tauchte. Am Ufer der Narmada, die nahe dem Rasthaus vorbeifloss, waren große Lastkähne vertäut. Fischer, bis zur Brust im Wasser watend, warfen gleichmütig ihre Netze aus. Um sich die Zeit zu vertreiben, schauten Gaspar und die Rishis ihnen bei ihrer Arbeit zu oder gingen am Ufer entlang flussaufwärts und warteten ungeduldig darauf, dass der stickigen Schwüle endlich der erlösende Regen folgte. Als der Himmel sich schließlich entlud, trat die Narmada an vielen Stellen über die Ufer. Zahllose Baumriesen wurden unterspült, stürzten um und wurden von den Fluten fortgerissen.

Drei Tage später brachen sie in aller Frühe auf. In den Mango- und Banyanbäumen des Waldes, durch den sie nun ritten, nisteten Eisvögel und schwarze Drongos, Kiebitze und Webervögel. Vorsichtig setzten die Elefanten Fuß vor Fuß. Der Weg, nicht mehr als ein breiter Trampelpfad, führte steil bergan. Die Diener achteten sorgsam auf die Rishis und Gaspar und stießen laute Warnrufe aus, wenn den Sänften Gefahr durch das Geäst der dicht stehenden Bäume drohte.

Am frühen Nachmittag wurde auf Anraten Baltashas eine kurze Rast eingelegt. Die Diener breiteten Decken auf dem Boden aus, ketteten die Tiere an und gaben ihnen zu fressen. Durch das Laub brachen sich die Strahlen der Sonne und hellten die Schatten auf. Über ihnen rauschten die Blätter, bewegt von einem leichten Wind. Waren sie vom Weg abgekommen? Gaspar schämte sich der aufkommenden Zweifel, als er einen Blick auf Baltasha und Malkyor warf, die mit verschränkten Beinen neben ihm saßen und ihren Gedanken nachhingen. Nein, es gab keinen Grund zu Befürchtungen. Gerufen von einer Verheißung und einer Botschaft, waren sie auf einem Weg, zu dem sie ihr Ja gesprochen hatten, tief überzeugt davon, dass diese Antwort die einzig richtige gewesen war.

Mühsam war der Weg bisher, mühsamer noch würde er werden, wenn sie jenseits der Berge in die Wüste kämen. Gaspar verspürte zuweilen den Stachel der Ungeduld, wenn er meinte, sie kämen nur langsam voran. Aber dann erinnerte er sich an Baltashas Zuversicht und gelassene Ruhe, Eigenschaften, die Malkyor im gleichen Maß besaß. Sehr schnell hatte er begriffen, dass diese Sorglosigkeit seiner Freunde keineswegs mit Leichtsinn zu verwechseln war. Gemeinsam bedachten sie jede Etappe ihres Weges und erwogen die Umstände und Möglichkeiten, mit denen sie rechnen konnten.

Dabei war Malkyor nie vorschnell mit dem Wort. Seine Zurückhaltung und scheue Freundlichkeit hatten ihm von einem Augenblick auf den anderen Gaspars Herz geöffnet; am ersten Tag ihrer Reise waren sie Freunde geworden. Er war ein wahrhaft Weiser, ein Rishi. Gaspar berührte es tief, als er bemerkte, dass Malkyor sich wie ein Kind an der Schönheit des nächtlichen Firmamentes oder am Gesang der Vögel freuen konnte. Wenn sie rasteten, saß er oft mit geschlossenen Augen lauschend da, den Kopf zurückgelehnt, die schmalen Hände, nicht größer als die einer Frau, um die hochgezogenen Knie gelegt. In seinem weißen Dhoti aus Baumwolle, das lange Haar aufgebunden, sah er Baltasha so ähnlich, dass Gaspar in der Abenddämmerung zuweilen Mühe hatte, sie zu unterscheiden.

Baltashas Stimme holte Gaspar aus seinen Gedanken. „Lasst uns aufbrechen!", mahnte er. „In drei Stunden wird es dunkel sein. Vor Sonnenuntergang werden wir ein Lager suchen müssen, wo wir die Nacht verbringen."

Als der Abend hereinbrach, fanden sie einen geeigneten Platz, der sie vor der Kälte der Nacht schützen würde, die von den Bergen herabkam. Unter den Kronen von Karyota-Palmen schichteten die Diener das herumliegende Laub in großen Haufen auf, trugen die Packsättel herbei und verstauten es darin. Für die nächsten Tage hatten die Elefanten ausreichenden Nahrungsvorrat. Schwankend vor Müdigkeit suchten sich die Männer einen Platz zu

Füßen der Bäume. Geisterhaft still war es um sie im fahlen Licht des aufgehenden Mondes.

Gaspar lag lange wach. Er dachte an das Kind, zu dem sie unterwegs waren. Viele Reiche hatten sie durchzogen. Wie viele lagen noch vor ihnen? In welchem Palast wohnte das Kind mit seinen Eltern? Wo hatten sie das Reich zu suchen, dessen Krone es einst tragen würde? Und würden sie es je finden?

Tag um Tag führte sie ihr Weg durch das unwegsame Bergland des Vindhya-Gebirges. Nur selten trafen sie auf Dörfer aus Lehmhütten, vor denen Kinder spielten oder eine Ziegenherde hüteten. Es war ein wildes, raues Land, durch das sie nur tagsüber reiten konnten; in den Nächten würden sie sich hoffnungslos verirren. Viele kleine Flüsse entsprangen in den Bergen. Durch die zwischen ihnen liegenden Schluchten, oft schwindelerregend tief, suchten die Reiter ihren Weg. Machten sie eine Rast, wurden Wurzeln und Früchte gesammelt, um den Nahrungsvorrat zu ergänzen. Groß war ihre Freude, als sie über die Nordwestsenke des Gebirges in das Tiefland hinab kamen. In den letzten Wochen waren sie nur hin und wieder auf Menschen gestoßen, die abgeschieden in den Bergen hausten und ihnen voller Scheu und Misstrauen ausgewichen waren.

Als sie die Ebene erreichten, die sich in lautloser Einsamkeit vor ihnen ausdehnte, wurden die Wege besser. Baltasha atmete erleichtert auf. Er war zuversichtlich, dass sie in spätestens zwei, drei Tagen zu einer größeren Ortschaft gelangen würden. Dort wollte er Erkundigungen einholen, wo sie sich einer Karawane anschließen konnten; es war ganz undenkbar, die vor ihnen liegende Wüste Thar allein zu durchqueren.

Sie konnten nicht darauf hoffen, jenes öde, riesige Land auf ungefährdeten Wegen zu passieren. Nur erfahrene Sarthavahas waren mit den Tücken des Bodens vertraut, der dem Fuß über viele Stunden hinweg einen sicheren Grund bot, dann jedoch unvermutet aus treibenden Sanddünen bestand. Auf ihnen wuchs ein Gras, das scharf war wie eine Messerklinge und dessen Samen die Haut entzündeten und innerhalb weniger Stunden eiternde Wunden hervorriefen. Nur Karawanenführer wussten, wo tiefe Brunnen gebohrt und angelegt worden waren, um überleben können; oder auch ein Kameltreiber, den es heute oder übermorgen in diese verlassene Gegend verschlagen mag.

Baltasha hatte sich nicht geirrt. Nur wenig später, am Ende eines glutheißen Tages, stiegen sie vor der Herberge einer kleinen Stadt von ihren Tieren. Eine Schar halbnackter Kinder lief herbei und umringte sie voller Neugier. Der Radscha lächelte erschöpft, als sein Blick auf einen Jungen fiel, der unbefangen zu ihm aufschaute und das Lächeln erwiderte, das der fremde Mann ihm schenkte. In einer unwillkürlichen Regung streckte Gaspar die Hand aus und legte sie dem Kleinen auf den Kopf. Baltasha wandte sich schnell ab; er ahnte, was in seinem Freund vorgehen mochte.

Die Diener führten die Elefanten zu einem seitwärts gelegenen Gebäude mit geräumigem Innenhof, das der Wirt ihnen zuwies, nachdem er die Ankömmlinge begrüßt und ihnen seine Gastfreundschaft und die seines Hauses angeboten hatte. Seine Familie war groß; Gaspar zählte später fünf Kinder, die ihrem Vater zur Hand gingen. Flink trugen sie Speisen und Getränke herbei und deckten den einladend sauberen Tisch. Ihre Fröhlichkeit tat den Männern gut; es war lange her, seit sie zuletzt Kinderlachen vernommen hatten. Sie nahmen sich viel Zeit und aßen mit großem Hunger, trotz der bleiernen Müdigkeit nach dem langen Ritt.

Sie waren nicht die einzigen Gäste der Herberge. Um die Mittagszeit des Vortages waren Kaufleute mit ihren Sklaven angekommen, acht fremdartig aussehende, hellhäutige Männer, die sich in einer auch Baltasha unbekannten Sprache unterhielten. Sie hatten, erzählte der Wirt, eine lange, entbehrungsreiche Reise hinter sich und waren, aus dem Osten kommend, auf dem Weg nach Takshasila. Ihre Tiere, Hunderte von Kühen, hornlosen Schafen und Ziegen, weideten auf den Feldern hinter dem Khan, bewacht von einigen Sklaven der Händler.

Baltasha, gegen seine Müdigkeit ankämpfend, hörte zerstreut zu. Er horchte erst auf, als der Wirt von Takshasila als dem Ziel der Fremden sprach. Takshasila? Dann hatten jene denselben Weg wie sie. Er nahm sich vor, am nächsten Morgen die Kaufleute anzusprechen. War nicht davon die Rede gewesen, dass sie die Reise schon häufig gemacht hatten? Dann mussten sie sich auskennen. Vielleicht kannten sie einen Sarthavaha und hatten dessen Dienste in Anspruch genommen. Gaspar und Malkyor gegenüber erwähnte er nichts von diesen Gedanken. Morgen würde man weitersehen.

Der Horizont leuchtete in den Farben des frühen Morgens. Über ihm spannte sich der Himmel wie ein blassblaues Tuch, auf dem sich winzig kleine Punkte bewegten: Zugvögel auf ihrem Weg nach Süden. Hinter dem Khan blökten und stampften die auf den Weiden grasenden Tiere. Während der Nacht hatten Schakale versucht, einige von ihnen aus der Herde abzudrängen, waren aber von den aufmerksamen Sklaven mit lautem Geschrei und Steinwürfen vertrieben worden.

Der Wirt stand vor der Tür des Khans und schaute, die Hand schützend vor die Augen haltend, blinzelnd in das Licht der Sonne. Seine Gäste nahmen wenige Schritte von ihm auf den Bänken Platz, die auf beiden Seiten eines langen Tisches standen. Nach dem Frühstück goss er ihnen Wasser über die Hände und wünschte ihnen einen guten Tag. Baltasha dankte ihm freundlich, mehr durch Gesten als durch Worte; er hatte schon gestern bemerkt, dass er sich ihm nur mit Mühe verständlich machen konnte.

Immerhin hörte er aus dem wenigen, was er verstanden hatte, heraus, dass die Kaufleute beim ersten Licht des Tages aufgestanden und in das Händlerviertel der nahen Stadt gegangen seien; um die Mittagszeit würden sie zurück sein. „Ihr werdet euch gewiss auch umsehen wollen", hatte der Wirt hinzugefügt. „Hier in Juddhapura könnt ihr alles kaufen, was ihr für eine weite Reise benötigt. Doch haltet euer Geld im Beutel! Prüft erst mit Bedacht und lasst euch nicht übervorteilen. Nicht alle Menschen sind ehrlich …!"

Der Rishi berichtete seinen Freunden, was er in Erfahrung gebracht hatte. Es galt also, geduldig auf eine Gelegenheit zu warten, mit den Fremden ins Gespräch zu kommen. Bis dahin wollten sie nicht müßig sein. Gaspar rief die Diener herbei und trug Hemara und Dhatsa auf, bei den Elefanten zu bleiben und auf sie acht zu geben; die anderen sollten ihn und die Rishis in die Stadt begleiten.

Die Stadt war von einem aus groben Feldsteinen gebauten hohen Wall umgeben. Im Laufe der Jahrhunderte war sie viele Male erweitert worden. In den Straßen und Gassen herrschte trotz der frühen Stunde ein geschäftiges Treiben. An ihren seit Generationen mit Zähigkeit verteidigten Plätzen hielten Bauern aus dem Umland in großen Körben Waren feil, die auf ihren Feldern gereift waren: Bananen, Feigen und Mandeln, Datteln und vielerlei Arten von Gemüse, die Gaspar ganz unbekannt waren. Neugierig blieb er hier oder da stehen, wobei er darauf achtete, seine Begleiter nicht aus den Augen zu verlieren. Ein paar Schritte weiter wurden Hühner, Schweine, Esel und Schafe angeboten, ja sogar Yaks, die aus den weit entfernten Ländern des Ostens stammten. Die schrillen Stimmen der Händler machten einige Tiere unruhig; sie rissen an ihren Ketten.

Hochgewachsene Feigenbäume warfen ihre mächtigen Schatten auf den Marktplatz im Zentrum der Stadt, der von einem Shivatempel beherrscht wurde. Prachtvolle Skulpturen zeigten geflügelte Wesen, Erdgeister, Tänzer und Krieger, deren Körper bis zu einem Wandelgang hinauf reichten, der die dritte Stufe des Heiligtums umlief; so hoch, dass das suchende Auge die verwirrende Fülle der Einzelheiten nicht mehr zu erkennen vermochte.

Bettelnde Kinder folgten ihnen, als sie jenseits des Platzes zu den weit offen stehenden bronzenen Flügeltüren eines wuchtigen Turmes gelangten. Unter ihm drängten sich Hunderte von Menschen; offenbar warteten sie auf etwas. Als die Rishis mit Gaspar und den Dienern näher herankamen, dröhnte dumpfer Trommelwirbel auf. In feierlicher Prozession nahte eine Gruppe von Priestern, an ihrer Spitze der in kostbare Gewänder gekleidete Oberpriester. Scheu wich die Menge zurück und machte Platz.

Nur mit Mühe konnten der Radscha und seine Begleiter das Tor durchschreiten; um sie wogte die Menschenmenge. Erst nach geraumer Zeit kamen sie in die Straßen der Handwerker. Vor den aus gebrannten Ziegeln gebauten Häusern drängten sich die Neugierigen an den Ständen, auf denen vielerlei Gebrauchsgegenstände zum Kauf lockten. Lange verweilten sie, von Stand zu Stand gehend, in der Straße der Töpfer und betrachteten die wundervoll gearbeiteten Krüge, Flaschen und Gefäße aus roter oder schwarzer Keramik. In der nächsten Quergasse schimmerten Ringe, Perlenschnüre und Halsketten im warmen Licht der Sonne. Hinter ihren Tischen kauerten Silber- und Kupferschmiede und ließen sich bei ihrer kunstvollen Arbeit von den Blicken der Schaulustigen nicht stören.

Gaspar nahm prüfend einen Ring in die Hand und zupfte Malkyor am Ärmel. „Ist er nicht wunderschön?"

Der Rishi betrachtete den Goldreif, der in der Hand des jungen Radschas lag; drei kostbar gefasste Perlen schimmerten auf einer ziselierten Oberfläche.

„Ein edles Stück", erwiderte er lächelnd. „So etwas zu schaffen verlangt meisterhaftes Können." Nach kurzem Besinnen setzte er hinzu: „Denkst du daran, den Ring zu kaufen? Vielleicht für die Rani?"

Gaspar schüttelte schweigend den Kopf, dann sagte er: „Er fiel mir wohl nur auf, weil er einem Ring meiner Frau ähnlich sieht." Als er das Schmuckstück an seinen Platz zurücklegte, zitterte seine Hand. Lange zurückgedrängt, wirbelte wie ein jäher Windstoß die Erinnerung an seine Familie in ihm auf. Arundathi!, dachte er. Arundathi! Mein Sohn! Lieber Vater! Ihm war, als hörte er ihre Stimmen. Um ihn drängten die Menschen; Lastträger mit großen Körben auf dem gebeugten Rücken, keuchend unter ihrer Last, kamen ihm entgegen. Er bemerkte es kaum. Langsam ging er seinen Gefährten nach und überließ sich den auf ihn einstürmenden Gedanken an den Palast von Nallur, aus dem er zu dieser Reise aufgebrochen war – wie unendlich lange, ihr Ewigen, ist das her! Der schmerzhafte Druck in der Brust wich nach und nach. Die, die ihm lieb waren wie niemand sonst auf der Welt, dachten gewiss mit gleicher Liebe an ihn, auch jetzt, in eben diesem Augenblick.

Es war gegen Mittag, als sie erhitzt und müde durch die Pforte eines Gasthauses traten. Der geschäftig herbeieilende Wirt bat sie, ihm in den Garten zu folgen. „Nehmt Platz!", sagte er freundlich, auf einen großen Tisch weisend. „Ich werde euch sogleich zu Diensten sein."

Erschöpft und hungrig empfanden sie dankbar die schattige Kühle unter den weitästigen Bäumen. Der Garten war von einer mehr als mannshohen Hecke umgeben, die ihn den Blicken Vorübergehender entzog. Im Gewirr der Äste zwitscherten die Vögel, es mussten Hunderte sein. Gaspar presste die Hände gegen die Stirn; er hatte bohrende Kopfschmerzen.

Als er nach einer Weile aufschaute, sah er die Augen von Elara, der ihm gegenüber saß, voller Mitgefühl auf sich gerichtet. Dankbar gab er den Blick zurück. Vertraute Gesichter waren um ihn. Wie ernst nahmen die Diener die ihnen von Radscha Bhadramukha zugewiesene Aufgabe; wie sehr versuchten sie, ihm und den Rishis zur Hand zu sein und ihnen, soweit es nur möglich war, die Beschwerden des Weges zu erleichtern. Aus Adelsfamilien von Nallur stammend, waren sie schon als junge Männer in den Dienst des Palastes getreten und seither für die Sicherheit der Herrscherfamilie verantwortlich. Vasabha, der Jüngste unter ihnen, saß zur Rechten von Elara, links von ihm Nandadeva und Rohana, seit Kindesbeinen enge Freunde. Ihnen gegenüber, neben Malkyor und Baltasha, hatte Saddha seinen Platz. In Anuradhapura geboren, war er als Waise nach Nallur gekommen und von Verwandten seiner Mutter adoptiert worden, nachdem seine Eltern auf See umgekommen waren.

Während sie aßen, waren die Vogelstimmen verstummt. Um sie war die lähmende Stille des Mittags, kein Windhauch regte sich. Durch das dichte Dach der Blätter drangen nur hier und da einige Sonnenstrahlen und warfen helle, zitternde Flecke auf den von vielen Füßen niedergetretenen Rasen.

Entgegen ihrem ersten Eindruck war die Ortschaft größer, als sie angenommen hatten. Verwirrend viele Straßen und Gassen hatten sie durchwandert, um sich einen Überblick zu verschaffen. Alles war zu haben, was sie brauchen würden, denn jede nach Norden ziehende Karawane musste Juddhapura berühren, die letzte Stadt vor der großen Wüste. Hier wurde gekauft und verkauft; hier – und nur hier – fand man Männer, die gegen geringen Lohn die Karawanen als Treiber begleiten würden. Es gab für viele Wochen ausreichenden Vorrat an Verpflegung für Mensch und Tier, Wasserschläuche, Linnenstoffe,

Baumwollmäntel und Decken aus Schafwolle als Schutz gegen die bitterkalten Nächte.

Doch wo waren die Händler zu finden, bei denen man Reit- und Lastkamele kaufen konnte? Vergeblich hielten sie Ausschau nach ihnen. Baltasha schlug schließlich vor, das nächste Gasthaus, das am Weg lag, aufzusuchen. „Der Wirt wird Rat wissen", machte er sich selbst und seinen Gefährten Mut. Und mit einem kleinen Lächeln fügte er hinzu: „Und hungrig und durstig bin ich auch."

Nachdem sie sich gestärkt und ausgeruht hatten, legten sie einige Silberstücke auf den Tisch und erhoben sich. Der Wirt begleitete sie mit Dankesworten bis an das Tor und erklärte auf ihre Frage: „Folgt dieser Straße bis zu ihrem Ende und haltet euch dann rechts." Seine Hand wies die Richtung. „Ihr könnt den Platz nicht verfehlen; es ist nicht weit." Sich tief verneigend, setzte er hinzu: „Die All-Ewigen mögen euren Weg begleiten!"

Im Schatten der Häuser und Läden gelangten sie zum Stadttor. Sie fanden zu ihrer Erleichterung alles so, wie es ihnen beschrieben worden war. Hinter Äckern, die seit Wochen abgeerntet waren, erstreckte sich ein weiter Platz, umgeben von hoch aufgeschichteten Dornenhecken und zerhauenen Ästen. Aus dem gleichen Material hatte man hier und da Pferche errichtet; jetzt, während des Tages, standen sie leer. Zahlreicher waren Ställe und Scheunen. Ihre Dächer bestanden aus Grasmatten. Alles war einfach, aber zweckmäßig. Wenige Männer reichten aus, die Kamele in der Nacht zu bewachen; bei Einbruch der Dunkelheit schob man Gestrüpp vor die auf den Platz führenden Eingänge und verhinderte auf diese einfache Weise ein Entweichen der Herden.

An Disteln oder Zweigen nagend, ruhten unzählige Kamele in kleinen Gruppen auf dem sandigen Boden. Näherten sich Kauflustige, um einen Handel zu beginnen, regten sich da oder dort die Tiere aus ihrer starren Ruhe und hoben für einen Augenblick den langen Hals.

Gaspars Augen suchten vergeblich nach Bäumen. Nur die für die Tiere bestimmten Unterkünfte warfen ihre Schatten auf den Sand, der im gleißenden Licht der Sonne lag. Die Hitze durchdrang sogar die Sohlen seiner Sandalen. Während er mit seinen Reisegefährten von Herde zu Herde ging und hier und da stehenblieb, dachte er erleichtert daran, dass sich Baltasha und Malkyor vor einigen Wochen nach langem Drängen seinem Wunsch gefügt hatten, auf einem Markt Sandalen zu erstehen und ihre Gewohnheit aufzugeben, auf bloßen Füßen zu gehen.

Wie sie es beim Mittagessen beschlossen hatten, sahen sie davon ab, sich auf einen Handel einzulassen. An den Umgang mit Elefanten gewöhnt und mit deren Gewohnheiten und Eigenheiten vertraut, wie man etwa auf ihnen saß und welches Futter sie brauchten, hatten sie von Kamelen wenig Ahnung, außer, dass sie sehr genügsam, gesellig und im Allgemeinen friedfertig waren und bei entsprechend langer Abrichtung weite Entfernungen durch Wüsten und Steppen zurücklegen konnten. Was Last- oder Reitkamele voneinander unterschied, vermochten sie nicht abzuschätzen; für ihre Augen waren sie eben grau oder braun oder auch sandfarben. So mussten sie darauf vertrauen, jemanden zu finden, der ihnen raten konnte.

Eine Weile schauten sie noch dem Treiben zu, dann machten sie sich auf den Weg zurück zum Khan. Die Straßen waren nun nicht mehr so voller Menschen. Die

Sonne, ein glutroter Ball, stand schon tief, als sie die Herberge erreichten. Sie reinigten sich vom Staub des Tages und ruhten eine Stunde. Gaspars Kopfschmerzen waren abgeklungen.

Der Sprecher der Kaufleute nickte zustimmend, als Baltasha geendet hatte. „Ich denke, dass das möglich sein wird", sagte er, nachdenklich in das flackernde Licht der Öllampen blickend, die den Gastraum erhellten. „Doch erlaube mir, dass ich meine Reisegefährten frage, wie sie darüber denken."

Gaspar und die Rishis warteten derweil schweigend, die Hände auf den Tisch gelegt, an dem sie miteinander das Nachtmahl eingenommen hatten. Trotz ihrer schlichten Reisekleidung war der Stand der Fremden leicht erkennbar. Sie trugen kostbare Ringe an den Fingern; unter ihren gestutzten Bärten schimmerten breite Halsketten mit sonderbar geformten Siegeln. Niemand war unter ihnen, der die Rishis und Gaspar nicht um Haupteslänge überragte.

Adan, ihr Wortführer, wandte sich wieder an Baltasha: „Eure Gesellschaft ist uns willkommen. Wenn es euch recht ist, werde ich euch morgen mit dem Sarthavaha bekanntmachen, unter dessen Führung wir bis Takshasila reisen werden. Seit mehr als zwei Jahrzehnten ist er Karawanenführer. Dennoch werden wir letztlich ganz auf uns gestellt sein. Was uns erwartet, sind harte Wochen voller Entbehrungen, sind Staub, Hitze und Kälte. So rechnen wir auf euch, wie ihr auf uns rechnen könnt."

Bemüht, von allen verstanden zu werden, hatte er langsam und betont gesprochen. Nach kurzem Schweigen fuhr er fort: „Wir werden noch drei volle Tage brauchen, ehe wir aufbrechen können. Werdet ihr in der Frühe des vierten Tages reisebereit sein?"

Baltasha neigte bejahend den Kopf. „Bei Sonnenaufgang könnt ihr uns am Tor erwarten. Je eher wir unser Ziel erreichen, desto besser. Die Mühsal der Reise fürchten wir nicht. Sie wird vergessen sein, sobald der Weg endet."

„So denken wir auch", entgegnete Adan. „Schafft nicht die Pflugschar nur dann das Brot, wenn sie gezogen wird? Nur der kommt zum Ziel, der seine Füße regt. Gleichwohl wäre nichts gefährlicher als unbesonnene Hast. Mit unseren Herden und Lasttieren sind wir eine große Karawane und werden nur langsam vorankommen. Wann und wo Rast gemacht wird, entscheidet der Führer. Er kennt die Wüste. Habt ihr Gesichtsschleier?"

Als Baltasha den Kopf schüttelte, hob er warnend die Hände. „Kauft sie gleich morgen! Auch Kopftücher sind wichtig. Vergesst das nicht! Staub und Hitze werden uns am meisten zu schaffen machen." Und ernst fügte er hinzu: „Und die ungeheure Stille ..."

Der Rishi drehte schweigend den Tonbecher in seinen Händen, aus dem er gerade getrunken hatte. Erst nach einer Weile sagte er: „Ich danke dir für deinen Rat!" Zögernd fuhr er fort: „Doch morgen, spätestens übermorgen, haben wir eine Frage zu entscheiden, bei der uns dein Rat noch wichtiger wäre."

„Um was geht es? Wenn ich euch helfen kann ..."

Baltashas Augen folgten den Stechfliegen, die, angelockt vom süßen Geruch des Fruchtsaftes, über den Bechern tanzten, die vor den Männern standen.

„Wir müssen Reitkamele kaufen und ausreichend viele Lasttiere. Wir haben keinerlei Erfahrung, was zu beachten ist, und fürchten, man könnte uns übervorteilen, wenn die Händler unsere Unkenntnis bemerken." Baltasha berichtete dem Kaufmann, wie sie den Nachmittag verbracht hatten und erwähnte auch, dass ihnen daran lag, einige Elefanten zu verkaufen.

Adan hörte schweigend zu; hin und wieder übersetzte er etwas für seine Gefährten. Als Baltasha geendet hatte, erwiderte er: „Du hast recht daran getan, uns zu fragen. Nicht jedermann hat einen Blick dafür, die in der Wüste geborenen und abgerichteten Kamele von ihren Artgenossen zu unterscheiden, die in Städten aufgezogen wurden und längst nicht so vortreffliche Läufer sind. Zwei meiner Gefährten werden euch morgen mit zwei oder drei Männern des Karawanenführers begleiten. Ich treffe den Sarthavaha ohnehin morgen früh und werde mit ihm sprechen. Verlasst euch auf mich. Ihr werdet Tiere erstehen, die euch treue und ausdauernde Helfer sein werden."

So geschah es. Am nächsten Morgen machten sich die Rishis, Gaspar und seine Diener in Begleitung von zwei Kaufleuten und drei Helfern des Sarthavaha auf den Weg. Verfolgt von kläffenden Hunden, ritten sie auf ihren Tieren, der Stadtmauer folgend, ostwärts und erreichten bald den Kamelmarkt. Ein leichter Wind wehte und machte die Tageshitze erträglicher als gestern.

Sich an Adans Weisungen haltend, der sie nach dem Frühstück mit dem Anführer der Karawane bekanntgemacht hatte, ließen sie sich von den Händlern nicht bedrängen, die ein lohnendes Geschäft witterten und wort- und gestenreich die Vorzüge ihrer Tiere priesen.

Der Vormittag verging, ohne dass ein ernsthafter Handel zustande gekommen wäre. Während der Stunden der größten Hitze fanden sie am Rand einer sich weit hinziehenden Dornenhecke etwas Schatten und versuchten, ein wenig zu schlafen. Die Elefanten, ihre massigen Leiber aneinanderdrängend, standen einige Schritte entfernt von ihnen und warteten geduldig auf das Zeichen des Aufbruchs.

Nach langem Suchen und ermüdendem Feilschen erstanden Gaspar, Baltasha und Malkyor für sich und ihre Diener – die Sonne stand schon tief am westlichen Himmel – Reit- und Lastkamele, die den aufmerksam prüfenden Blicken ihrer Berater standhielten. Gaspar streichelte den wolligen Hals des Kamels, das er gewählt hatte. Es maß ihn, so schien es ihm, mit einem spöttischen Blick unter auffallend langen Wimpern. Seine schwerfällige Gestalt konnte nicht darüber hinwegtäuschen: Es war ein edles, schönes Tier, das die Aufmerksamkeit jedes Betrachters auf sich zog. Das Haar war weich, sehr lang an Kehle und Scheitel und milchweiß wie die Färbung des ganzen Körpers.

Malkyors und Baltashas Tiere waren von gleicher Farbe. Die sechs Diener, die sie bis zu ihrem Ziel begleiten würden, hatten sich für Kamele entschieden, deren Haar einen hellen Bronzeton hatte. Wie der junge Radscha und die Rishis hatten sie mit lebhafter Neugier herauszufinden versucht, wie die Tiere auf Wert und Tauglichkeit für die weite Reise geprüft wurden.

Die Männer erklärten es ihnen bereitwillig: „Schaut die Höcker! Hier, bei diesem Kamel erkennt man es besonders gut." Einer der Männer, ein dunkelhäutiger Hüne mit einem breiten, gutmütigen Gesicht, deutete auf ein Tier, das wiederkäuend die Unterlippe vorstreckte. „Sie bekommen reichlich Nahrung und strotzen vor Gesundheit. Wären sie krank oder schlecht genährt, wären ihre Höcker nicht so groß und fest. Und diese verdickten Ausformungen an den Knien und Fersen, ihre Größe und Härte, verraten kundigen Augen, wie alt die Tiere sind. Abgerichtet sind sie auch – seht nur die Muskeln. Und sollten sie einmal störrisch sein, gebt ihnen nicht die Peitsche. Geduld erreicht viel mehr. Setzt ihrer Beharrlichkeit die eure entgegen."

Die ersten Sterne, kleine, ferne Punkte, schimmerten am Himmel, als der Zug der Tiere, beladen mit Sätteln, Zaumzeug und allem erforderlichen Zubehör, mit ihren neuen Besitzern vor dem Khan anlangte. Der Wirt, einen Wasserkrug in jeder Hand, so schwer, dass er sie kaum zu tragen vermochte, winkte sie zu einem Tisch. Die Männer streckten die müden Füße und tranken in tiefen Zügen.

Die Kamele wurden entladen und in der Nähe der Elefanten angepflockt, die mit zwei Dienern Gaspars nach Lanka zurückkehren würden. Sieben Dickhäuter waren ohne langes Feilschen gegen gutes Geld verkauft worden. Der Radscha und die Rishis waren sehr erleichtert darüber. So würden ihnen noch zwei Tage bleiben, um in der Stadt einzukaufen, was an Kleidung und Nahrung für die nächsten Wochen notwendig war.

Als der Glanz der Sterne zunahm, lagen Mensch und Tier in tiefem Schlaf.

Gaspar schaute schweigend zu, als die Diener die Ketten aus den schweren Ringen lösten, die in das Mauerwerk des Brunnens eingelassen waren. Die Elefanten, von ihrer Last befreit, stampften mit den Füßen.

Gaspar fühlte sein Herz heftig schlagen. Es hieß, Abschied zu nehmen. In wenigen Augenblicken würden Nandadeva und Rohana mit vier Elefanten die Heimreise antreten, zurück nach Lanka. Das größte und stärkste der Tiere war Bhabu, auf dessen Rücken der junge Radscha die letzten Monate verbracht hatte. Um nichts in der Welt hätte Gaspar es über sich gebracht, seinen treuen Reisegefährten zu verkaufen und ihn einem ungewissen Schicksal zu überlassen. Der bloße Gedanke, dass die beiden Diener in einigen Monaten wieder in Nallur sein würden, trieb ihm beinahe die Tränen in die Augen. Doch mehr noch bangte ihm vor der Trennung von seinem Elefanten, der offenbar wusste, was mit ihm geschehen sollte. Unruhig hob und senkte er den breiten Kopf mit den gebogenen Stoßzähnen, immer wieder zu seinem Herrn blickend. Es bestand kein Zweifel: Trauer und Kummer lagen in seinen braunen Augen.

„Bhabu!" Gaspar hatte den vertrauten Namen nur geflüstert. Das Tier, plötzlich reglos, stieß einen schrillen Trompetenstoß aus. Gaspar trat zu ihm und drückte sein Gesicht an den mächtigen Körper. Undeutlich nahm er wahr, dass Bhabu in einer Geste zärtlicher Umarmung seinen warmen Rüssel um seine Schultern legte. Lange blieben beide so stehen.

Die Rishis warteten stumm, während die Diener zum letzten Mal die Lasten der Tragkamele überprüften. Sie waren noch damit beschäftigt, als sie Gaspars Stimme hinter sich hörten, der mit Rohana und Nandadeva sprach.

„Sobald ihr in Barygaza angekommen seid", sagte er,

„reitet zum Hafenmeister und fragt nach einem Schiff nach Komarei. Es muss ja nicht hinaus auf die offene See, sodass Seeräuber wohl nicht zu fürchten sind. Sollte meine Vermutung mich täuschen, wiederholt den Versuch in anderen Häfen. Vielleicht hat sich die Lage längst zum Guten gewendet."

„Wir werden tun, was du gebietest, Swami", entgegnete Rohana. „In unseren Gedanken werden wir euch begleiten und die All-Ewigen bitten, euren Weg sicher zu machen." Die Handflächen aneinandergelegt, verbeugten sie sich vor ihrem jungen Radscha und den Rishis.

„Überbringt dem Radscha, meinem Vater, und der Rani unsere Grüße. Sagt", Gaspar versuchte, seiner Stimme Festigkeit zu geben, „ihnen, dass es uns gut geht. Lebt wohl!"

Eine knappe Stunde später brach die Karawane auf. Der Sarthavaha ritt mit einem kleinen Trupp seiner Männer voraus, gefolgt von den Kaufleuten, die ungeduldig auf den Befehl gewartet hatten, die Tiere zu besteigen. Obwohl es noch früh am Morgen war, ließ blendendes Licht den fernen Horizont kaum erkennen. Gaspar hielt die Hand über die Augen und warf einen flüchtigen Blick auf die Händler, die sich trotz des schwankenden Ganges der Kamele lebhaft unterhielten.

Den Schluss des Zuges bildete die vielhundertköpfige Herde; das Stampfen ihrer dahintrottenden Beine, ihr Muhen, Grunzen und Blöken vermengte sich mit dem Geschrei der Treiber und Sklaven, die zwischen und neben ihnen gingen. Jeder ihrer Schritte wirbelte Wolken von Staub auf, der in der Luft hing und zum Husten reizte. Eine rotbraune Wolke lag hinter ihnen über dem Weg, den sie eingeschlagen hatten, um an den Rand der Wüste zu gelangen. Etwa zwei Tagesreisen, so hatte der Karawanenführer erklärt, würden sie bis dahin benötigen. Jenseits von ihr begann die Weite des Sindhu-Tales, von dem Baltasha an jenem lange zurückliegenden Abend in Barygaza gesprochen hatte.

Gaspar gewöhnte sich schnell an den Gesichtsschleier, der nur Augen und Nase unbedeckt ließ. Lästig waren ihm jedoch das Geschrei der Männer und das Gebrüll der Tiere in ihrem Rücken. Am frühen Abend, als das Lager bereitet werden sollte und die Kamele auf einen scharfen Ruf des Karawanenführers und seiner Treiber in die Knie gingen, fühlte sich Gaspar nach dem unaufhörlichen Schwanken hoch auf seinem Tier matt und zerschlagen.

Auf einem seit Menschengedenken benutzten Pfad zog die Karawane weiter, als eben die Sonne aufging. Viele Stunden lang lag zu ihrer Linken eine langgestreckte Bergkette. Am späten Nachmittag trafen sie auf einige Männer, die eine riesige Ziegenherde weideten; sie stammten offenbar aus dem Dorf, das die Karawane gegen Abend passierte. Die niedrigen Hütten sahen ärmlich aus und waren staubverkrustet. In unmittelbarer Nähe der Berge waren die Ebenen, durch die sie zogen, sicher fruchtbar genug, um den genügsamen Ziegen Futter zu bieten.

Gegen Mittag des nächsten Tages gab es Rufe der Überraschung, als eine Vorhut der Karawane, aufmerksam geworden durch kreisende Gänsegeier, auf ein Gewirr von Felsen zuritt, die sich meilenweit, nur unterbrochen von kümmerlich kleinen Bäumen, auf dem lehmfarbenen Sandboden türmten, als habe eine Riesenfaust sie aufgehäuft und dann in einem Ausbruch von Zorn zerschmettert. Auf ihnen spielten silbergraue Körper ein pfeilschnelles Spiel des Jagens und Gejagtwerdens.

Einige Kaufleute verließen die Ordnung des Zuges und trieben ihre Kamele an. „Kommt her!", riefen sie den Rishis und Gaspar zu. „Seht euch das an! Affen!"

Augen, gelb wie Bernstein, schauten zutraulich aus schwarzen Gesichtern auf die Männer herab. Während die Muttertiere, ihre gefährlichen Eckzähne entblößend, die Flügelschläge der fahlbraunen Geier über ihnen beobachteten, ließ sich die Herde nicht stören. Gutturale Laute ausstoßend, sprangen sie geschickt von Felsen zu Felsen, ihre Leiber wirbelten durch die Luft – ein schier endloses Spiel, dem die Männer lange zuschauten, eine angenehme Unterbrechung der Reise. Noch gab es Leben in der Wüste, deren Rand sie nun erreicht hatten.

Seit ihrem Aufbruch von Komarei waren Gaspar, Malkyor und Baltasha und ihre Diener immer wieder durch das Kreischen von Affen aus ihrem bleiernen Schlaf gerissen worden, wenn sie in Wäldern ihr Lager aufgeschlagen hatten. Es gehörte dazu wie die brütende Hitze, wie die sie bedrängenden Stechfliegen, wie Skorpione und Giftschlangen. Hier war es anders: Es war ein willkommenes Zeichen von Leben in einer Umgebung, die öde und lebensfeindlich war. Zudem rief es Erinnerungen in Gaspar wach. Schon als Kind hatte er bei seinen Streifzügen durch die Wälder von Lanka an der Hand seines Vaters selbstvergessen dem vergnügten Treiben der Affen in den Baumästen zugesehen und bei ihren weiten, waghalsigen Sprüngen den Atem angehalten.

Als sie ihren Weg fortsetzten, gesellte sich der Karawanenführer zu ihnen. Noch vor vier Wochen, erzählte er, seien hier heftige Regengüsse niedergegangen. Über weite Strecken sei der Wüstensand weggerissen oder unterspült worden. Fast vier Monate dauere die Regenzeit. „Dann kommen", setzte er hinzu, „Tausende von Wiedehopfen und Kranichen und bedecken den Boden, soweit das Auge reicht. Aber alle finden ausreichend Nahrung. Viele Wochen bleiben sie hier, bevor sie in den Süden weiterfliegen." Er sprach mit dem Gleichmut eines Mannes, der aus langer Erfahrung wusste, was je nach Jahreszeit an Widrigkeiten zu erwarten war.

Obgleich genügend tiefe Brunnen am Karawanenweg lagen, war Wasser knapp und kostbar, zumal dann, wenn Hunderte von Tieren mitgeführt wurden. Bestand auch nicht die Gefahr, dass der Durst allzu quälend wurde, war der Weg dennoch furchterregend und tückisch. Hielt man sich zu weit nach Osten, um der lähmenden Hitze der Wüste zu entgehen, geriet man in dichtes Gestrüpp, auf Sandbänke oder in die malariaverseuchten Sümpfe im Hinterland des Sindhu-Tales. Drückendes, schwüles Klima, Moskitos und Skorpione, Tiger und Giftschlangen, Krankheiten, an denen nicht selten Tiere verendeten, waren viel gefürchteter als die noch so große Mühsal einer Wochen dauernden Wüstendurchquerung.

Aus sicherer Entfernung, doch argwöhnisch von den Treibern beobachtet, folgten Schakale der Karawane, die in nordwestlicher Richtung weiterzog. Geritten wurde nur noch in den Nächten. Sobald die Sonne untergegangen war, brach man auf. Myriaden von Sternen ergossen ihr starres Funkeln über die Wüste und tauchten sie in ein fahles, unwirkliches Licht. Irgendwo da oben, dachte Gaspar, zogen auch die Planeten ihren Weg, von denen Baltasha gesprochen hatte. Ein Zeichen der Ewigen ... Wieder und wieder kamen ihm diese Gedanken, wenn er im Sattel saß. Wieder und wieder überkam ihn ein Schaudern, wenn die Kamele den Knochenresten verendeter Tiere auszuweichen versuchten, die bleich blinkend im Sand lagen. Waren vielleicht gar Menschen darunter, die hier verdurstet oder von räuberischen Nomaden umgebracht worden waren?

Unter dem Licht der Sterne hingen die Männer ihren Gedanken nach, bemüht, mit den Beschwerlichkeiten des Rittes fertig zu werden. Nur selten hatten Gaspar und die Rishis Gelegenheit zu einem mehr als flüchtigen Wortwechsel mit dem Sarthavaha oder den Kaufleuten. Jeder hatte genug mit sich selbst zu tun. Die Fremden mochten wohl vermuten, dass Gaspar, Malkyor und Baltasha Gründe zu ihrer gefahrvollen Reise hatten, die gänzlich anders waren als die ihren. Dennoch war ihr gemeinsamer Weg durch die Stille der Wüste mehr als eine bloße Reisebekanntschaft. Durch einen freundlichen Blick, durch ein aufmunterndes Wort ließen sie die drei Männer, die seit einigen Tagen mit ihnen auf dem Weg waren, spüren, dass sie Achtung und Sympathie für sie empfanden, nicht ahnend, dass einer von ihnen ein Radscha war.

Gegen die ärgste Kälte der Nacht schützten sie sich mit Schafwolldecken über ihren Mänteln aus Baumwolle, die sie beim Glanz der ersten Sterne anzogen. Schlimmer waren die Tagesstunden. Dann breiteten sie Decken auf den heißen Sand, legten ihre Mäntel über sich und versuchten, nicht an die sengende Sonne zu denken und wenigstens einige Stunden die entzündeten Augen zu schließen. Wie ein riesenhaftes Tier, so schien es ihnen, hockte die Hitze auf ihnen und schlug die Flügel auf und nieder, auf und nieder. Nahm das denn kein Ende?

Einige Male winkten die Kaufleute, deren Sklaven Warenballen aufgeschichtet und Decken darüber gespannt hatten, sie zu sich. Die Rishis und Gaspar waren dankbar für diese kleine Geste der Gastfreundschaft, die ihnen einen schattigen Platz bot. Fanden sie keinen Schlaf, konnten sie sich vor Erschöpfung und Müdigkeit oft kaum im Sattel halten. Glücklich waren sie, wenn sie sich im kargen Schatten eines Khans niederkauern konnten. Je länger sie unterwegs waren, desto kürzer wurden zu ihrer großen Erleichterung die Entfernungen zwischen den Karawansereien. Der Weg nach Takshasila war einer der wichtigsten, führte er doch zu dem Knotenpunkt weitreichender Handelsverbindungen. Auf diesen brachten seit undenklichen Zeiten Tausende von Händlern ihre Waren in den Norden und von da aus über den Khaiber Pass in die fernen Länder des Westens, ja sogar über die dem Himmel nahen Gebirge nach Osten, bis nach Botha.

Die Natur wurde freundlicher, als sie die Wüste hinter sich hatten. Das Land war fruchtbar, von zahlreichen Flüssen durchzogen, deren Wasser in ungehemmter Wildheit ihren Weg suchten. Reißendes Wasser zu sehen, sein Schäumen und Brausen zu hören, war eine berauschende Seligkeit nach den Wüstenwochen. Was machte es schon aus, dass man sie einen nach dem anderen würde überqueren müssen, dass das Wasser bitterkalt war? Die Männer lachten und lärmten. Rufe gingen hin und her, während sie ihre Oberkleider abwarfen und sich den Staub von ihren Körpern abwuschen.

Und Laubwälder gab es, sie reichten bis zum Horizont. Einen ganzen Tag hindurch im Schatten grüner Baumriesen zu reiten, durch deren dichtes Laub nur sehr selten das flirrende Licht der Sonne brach, tat Menschen und Tieren gut. Hellhäutige Menschen lebten in den Dörfern, Hirten und Bauern. Auch Nomaden durchstreiften mit ihren Büffel- und Kamelherden das Land, freiheitsliebende Stämme, die auf die sesshaften Bauern mit Verachtung herabsahen. Eine Begegnung mit der Karawane vermieden sie; nicht ein einziges Mal kamen sie ihr näher als auf Sichtweite.

Auch in diesen Wäldern hörte man in den Nächten das Schreien der Affen, die in den Baumwipfeln hockten. Doch drang es kaum an die Ohren der Männer, die nach den langen Tagesritten in tiefen Schlaf sanken. Wenn der wild wuchernde Wald das Vorwärtskommen erschwerte, erkundeten die Männer der Vorhut, ihre Waffen quer vor sich auf dem Sattel, den Weg. Häufig mussten modernde Baumstümpfe weggeräumt werden. Dann war Vorsicht angebracht; Räuberbanden konnten irgendwo lauern, um Tiere aus der schwerfälligen, nur langsam vorankommenden Karawane zu stehlen.

Nichts dergleichen geschah. Zu ihrer Linken die unermessliche Weite des Sindhu-Tales, bewegte sich die Karawane nordwärts. Der nächste Fluss, auf den sie stießen, bestand aus mehreren Armen. Der Übergang nahm einen ganzen Tag in Anspruch und forderte alle Kräfte. Dutzende von Treibern mühten sich damit ab, Buschwerk und Gestrüpp am Ufer zu beseitigen. Von den schreienden Männern angetrieben, wälzten sich die schnaubenden und keuchenden Tiere durch die Flussbetten.

Am Abend brannten Feuer auf der Lichtung, die man als Lagerplatz gewählt hatte. Bratspieße lagen bereit; Stangen waren schon in den Boden gerammt. Bald würde der würzige Duft von gebratenem Hammelfleisch zu riechen sein. Seit dem frühen Morgen hatten die Männer nichts zu sich genommen als ein Stück geröstetes Brot und einige Feigen.

Baltasha aß nur wenig, Gaspar suchte seinen Blick. „Was ist mit dir, Baltasha? Du siehst so bedrückt aus."

Der Rishi lächelte ihm zu. „Mache dir keine Sorgen, Gaspar. Der Tag hat mir sehr zugesetzt, fürchte ich. Ich kann kaum noch die Augen offen halten, ich bekomme einfach nichts hinunter."

Gaspar versuchte, im flackernden Schein des Feuers seinen Gesichtsausdruck zu erkennen. Der Rishi schien in seinen Gedanken weit fort zu sein. Auf seine Hände gestützt, schaute er vor sich hin. Wie schmal und schmächtig er ist!, ging es Gaspar durch den Sinn.

Erst nach langem Schweigen nahm Baltasha das Gespräch wieder auf. „Ja, ich bin müde und abgespannt. Aber ich denke auch an euch. Hatte ich das Recht, euch zu bitten, mit mir zu kommen? Was nehmen wir auf uns des Kindes wegen? Und werden wir rechtzeitig ankommen? Lange glaubte ich, das Rechte zu tun. Ich war so sicher. Doch jetzt ..."

Die Funken des Feuers stoben in den nachtdunklen Himmel. In dem Knistern und Zischen der rotglühenden Äste war Malkyors Stimme kaum zu verstehen. „Vielleicht ist es sein Wille, dass wir uns mühen? Warum sollten wir uns fürchten, wenn ihm die Sterne gehorchen ..."

5. Vergänglich hast du geschaffen den Menschen (Ps 89,48)

Betörend war der Duft von Jasmin und Hibiskus. Der heiße Atem des Lebens ließ Pflanzen und Früchte in verschwenderischer Fülle auf den Feldern reifen, an denen die Karawane im immer gleichen Rhythmus der Tage vorbeizog.

Adan lenkte sein Kamel an Baltashas Seite, als Takshasila in Sichtweite kam. „Den Göttern sei Dank! Ich werde den Karawanenführer bitten, dich und deine Begleiter durch einen seiner Helfer zu dem Khan bringen zu lassen, in dem wir uns in den nächsten Tagen von den Strapazen erholen können. In vier, spätestens fünf Stunden werden wir uns wiedersehen, hoffe ich." Er hob grüßend die Hände. Dann setzte er, jedes Wort mit Nachdruck betonend hinzu: „Tapfere Männer seid ihr."

Vor den Toren der Stadt wiesen mit Lanzen bewaffnete Soldaten der Karawane einen weiten Platz zu. Hinter seinen Pfahlmauern wurden die Warenballen abgeladen und geprüft sowie die Kopfzahl der Herden festgestellt. War das Verfahren auch nicht peinlich genau, so war es doch umständlich und nahm viele Stunden in Anspruch. Zudem lag eine drückend schwüle Hitze über Takshasila; kein Windhauch war zu spüren. Als der Wegezoll schließlich entrichtet war, befahlen die Kaufleute ihren Sklaven, ihr Eigentum zu bewachen. Dann trieben sie ihre Kamele an und ritten zu der Herberge, in der sie gewöhnlich abstiegen, wenn ihre Geschäfte sie in die Stadt führten.

Am nächsten Morgen ließ Adan es sich nicht nehmen, den Rishis und Gaspar die Sehenswürdigkeiten der Stadt zu zeigen. Der junge Radscha fühlte sein Herz laut schlagen. So vieles erinnerte ihn an die Pracht und Schönheit von Anuradhapura. Mit allen Sinnen nahm er die Eindrücke in sich auf: die Kamelreiter und Ochsenkarren; eine Gruppe tanzender Frauen, tief verschleiert und geschmückt mit kostbaren Ringen an den Händen und Goldspangen an den Fußgelenken; die auf- und niedersteigenden Fontänen in den Brunnen der Parkanlagen; die mit Lotosblüten übersäten Teiche, in denen Schwärme von Wasservögeln nach Nahrung suchten; die mit purem Gold überzogenen Säulen an den Tempeln und öffentlichen Gebäuden. Staunend blickte er zu ihren Fassaden hinauf, zu den in Stein gehauenen Bildern von Tänzerinnen und Göttern: monumentale Zeugnisse einer langen und stolzen Geschichte, auf die Takshasila zurückblicken konnte.

Lagerhäuser und Markthallen mit breiten, wuchtigen Toren waren eindrucksvolle Hinweise auf die Macht und den Reichtum der hier ansässigen Kaufherren. Und hatten ihm nicht seine Lehrer davon berichtet, dass der große Iskander mit seinen Truppen in Takshasila einmarschiert war, ehe er das Sindhu-Tal hinabzog? Hatte er nicht – wie wohl jeder Prinz – davon geträumt, eines fernen Tages auch ein berühmter Heerführer zu werden?

Im Gedränge der sie umgebenden Menschen hatten sie Mühe voranzukommen. Gaspar hatte Iskander nach wenigen Augenblicken vergessen, als der dumpfe Klang von Trommeln und Gongs seine Aufmerksamkeit erregte. Ein Prozessionszug kam ihnen über die ganze Breite der Straße entgegen und zwang sie, zur Seite zu treten. Im Licht der Sonne funkelten Helme und Panzer von Berittenen auf den mächtigen Rücken reich geschmückter Elefanten. Kostbare Stickereien bedeckten die breite Stirn der Tiere, an ihren Flanken hingen schimmernde Teppiche herab. Ihnen voran, in angemessenem Abstand, marschierten Bogenschützen, die wachsam darauf achteten, dass kein Neugieriger dem Zug zu nahe kam. Etwa zwanzig Elefanten, vom Hauptzug der Prozession durch Lanzenträger auf Kamelen getrennt, trugen geschlossene Sänften aus purpurfarbener Seide. Das Geraune der Menschen verstummte. Sie wussten, was Gaspar und seine Freunde nur vermuten konnten: Es war der Radscha mit seinem Gefolge auf dem Weg zum Palast, der sich mit seinen mächtigen Türmen und Wehrgängen unter dem hohen, blassblauen Himmel auf einer Terrasse erhob, umgeben von Palmen und Banyanbäumen.

Als der Zug hinter einer Straßenbiegung verschwunden war, setzten sie ihren Weg fort. Bei einem Straßenhändler kauften sie Früchte und einige Fladenbrote, um ihren Hunger zu stillen. Am frühen Abend kehrten sie zu der Herberge zurück. Unter dem Tor trat Adan zu Baltasha. „In den nächsten Tagen", sagte er, „werden meine Freunde und ich sehr in Anspruch genommen sein. Ihr wisst ja – Geschäfte! Doch wenn wir den Handel nicht rasch abschließen, kommen uns andere zuvor. Sehr bald", Bedauern färbte seine Stimme, „werden unsere Wege sich trennen. So bitte ich euch, heute Abend unsere Gäste zu sein."

Beim Schein der Öllampen saßen sie beieinander, tranken Dattelwein und sprachen über die vergangenen Tage. Erst lange nach Mitternacht suchten sie ihr Lager auf.

Ungeheuer hoch ist der Himmel über ungeheuer hohen Felsen. Seit Tagen toben Schneestürme zwischen und über ihnen, löschen die Sterne aus und hüllen das Schwarz der riesigen Felsen in weiße Unendlichkeit, die die Augen blendet. Der Atem dampft, wenn Mensch und Tier sich vorsichtig über den mit scharfkantigem Geröll übersäten Boden bewegen. Sie kommen nur mühsam voran; oft müssen die Männer, ihre Kamele am Halfter führend, stehenbleiben, um wieder zu Atem zu kommen. Sorgsam bewachen die Diener jeden Schritt, den Gaspar und die Rishis tun. Die zwei einheimischen Führer gehen voraus. Wortkarg sind sie, auch miteinander reden sie kaum. Erst nach langem, ermüdendem Feilschen erklärten sie sich dazu bereit, die Fremden über den Pass zu bringen.

Doch sie sind verlässlich; sie kennen jeden Fußbreit Boden hier und behandeln die Rishis und Gaspar mit Höflichkeit. Dabei ist nichts Unterwürfiges an ihnen: Selbstbewusst blitzen ihre Augen aus dunklen, markanten Gesichtern. Sie tragen weitgeschnittene Hosen, die bis zu dem derben Schuhwerk reichen; in ihren Gürteln stecken kurze Lanzen, die sie griffbereit neben sich legen, wenn sie sich nach langen Stunden anstrengenden Marsches zu einer kurzen Rast niedersetzen und Gaspar und den Rishis bedeuten, es ihnen gleichzutun.

In diesen seltenen Stunden der Ruhe geschieht es zuweilen, dass Gaspar sich an Adan und seine Begleiter erinnert, die ihm und den Rishis bei aller Zurückhaltung doch mit offener Freundlichkeit begegneten. Diese Männer da bringen kaum ein Wort über die Lippen. Ihre gedrungenen Gestalten lassen Furcht in ihm aufkommen, aber dann schämt er sich dieser Gedanken. Seit sie uns führen, denkt er, stehen wir unter ihrem Schutz. Wir haben doch, bevor wir mit ihnen aufbrachen, an ihrer

Feuerstelle gesessen und Schafsmilch aus ihren Bechern getrunken, haben geröstetes Brot aus ihren Händen entgegengenommen ...

Was dem jungen Radscha durch den Kopf geht, ahnen die Männer ebenso wenig wie Gaspar eine Vorstellung davon hat, dass das mühseligste Stück Weges erst jenseits des Passes beginnt, durch dessen Schluchten sie ziehen. Immer schmaler wird der Durchgang. Über ihren Köpfen türmen sich die schroffen Überhänge der Felsen, so nahe, dass sie sich zu berühren scheinen. Vorsichtig gehen sie hintereinander; nur das Schnauben der Kamele, die sich widerspenstig an den Halftern ziehen lassen, ist zu hören. Lange dauert es, bis sie wieder den Himmel über sich sehen, der gläsern über ihnen in der Stille des Mittags leuchtet.

Als die Nacht hereinbricht, kauern sie sich frierend auf den harten Boden einer Höhle am Weg, die geräumig genug ist, um alle aufzunehmen. Über ihnen, ihren Augen unsichtbar, ragen die schneebedeckten Felsen in den Himmel. Von Osten her drängen neue Schneewolken heran. Wenig später, als die Männer endlich schlafen, treibt ein heftiger Wind wirbelnde Flocken bis in den Eingang der Höhle. Sie merken es nicht. Einer von ihnen murmelt schlaftrunken vor sich hin. Der Wind trägt die Worte fort.

Als der gefürchtete Pass hinter ihnen liegt, suchen sie westwärts durch wüste Gebirgsschluchten ihren Weg. Nie zuvor hatten Gaspar, Baltasha und Malkyor so hohe Berge gesehen, nie zuvor waren die Sterne ihnen so zum Greifen nahe erschienen. Wenn die Abenddämmerung hereinbricht, sammeln sie Reisig und entfachen ein Feuer.

Sie müssen heraus aus diesen Bergen. Hochtäler verengen sich und fallen in enge Schluchten ab. Kaum ein Tag vergeht, an dem nicht wilde Bäche überquert werden müssen. Ist das Wasser zu Eis erstarrt, kommen sie ohne Schwierigkeiten hinüber. In den Niederungen sind die steilen Böschungen der Wildbäche nur mit großen Anstrengungen passierbar, denn sie führen reißendes Wasser, das von der Schneeschmelze angeschwollen ist. Häufig suchen sie viele Stunden lang nach einer Möglichkeit, an das andere Ufer zu gelangen. Das langsame Vorankommen macht sie ungeduldig und reizbar. Die Kamele mögen das spüren. Viel Geduld ist vonnöten, wenn sie störrisch an den Zügeln reißen und unerwartet ihre Rücken wölben, als wollten sie ihre Last abwerfen.

Es war am frühen Morgen. Vor einer Stunde waren sie aufgebrochen und befanden sich auf einem abschüssigen, nicht mehr als vier oder fünf Schritte breiten Weg. Zu ihrer Rechten erhob sich ein Steilhang. Da stieß Elawa, der letzte des Zuges, einen erstickten Schrei aus, als das Kamel vor ihm, das den Radscha trug, plötzlich ins Stolpern geriet. Gaspar verlor das Gleichgewicht, als das Tier, so unversehens aus seinem Schritt gebracht, mit den Hinterbeinen ausschlug. Halb rutschend, halb stürzend, ließ er das Halfter los, um nicht von dem um sich tretenden Tier verletzt zu werden. Der Aufprall auf den Boden war hart und schmerzhaft, die scharfen Steine rissen die Haut an seinen Knien auf. Benommen versuchte er, sich zu erheben. Eine Hitzewelle jagte durch seinen Körper, in seinen Handgelenken war ein dumpfer Schmerz.

„Nicht bewegen! Nicht bewegen, Gaspar!"

Aufblickend gewahrte Gaspar, dass Baltasha und Malkyor sich zu ihm hinabbeugten. Des Rishis Warnung nicht achtend – oder hatte er sie gar nicht gehört? –, versuchte er ein zweites Mal, sich aufzurichten, doch ein heftiger Schmerz im rechten Knie ließ ihn keuchend nach Atem ringen.

Baltasha hockte sich neben ihn. „Ruhe ein wenig aus! Wir werden eine Weile hier bleiben. Doch zuvor erlaube mir, nach deinen Beinen zu schauen." Ein Diener kam eilig mit einem Wasserschlauch. Baltasha reinigte sorgsam die Schrammen bis zu den Knien. Unterdessen kümmerten sich zwei der Diener um das verschreckte Kamel und führten es vorsichtig einige Schritte hin und her, doch offenbar war ihm nichts Ernsthaftes geschehen. Am späten Nachmittag saßen sie wieder auf, nachdem Gaspar versichert hatte, es gehe ihm besser. Er hatte ein wenig geschlafen.

Am Abend des nächsten Tages bekam er Fieber. Bleich vor Schrecken mussten seine Freunde sich eingestehen, dass er eine Blutvergiftung hatte. So schnell es die Rauheit des Geländes zuließ, ritten sie entlang eines breiten Flusses nach Süden. Dort würden sie in einigen Stunden auf ein Dorf stoßen, versicherten ihnen die Führer, wo man dem Verletzten helfen könne.

Obwohl sie im schimmernden Licht der Sterne ohne große Schwierigkeiten vorankamen, schien sich die Nacht doch endlos auszudehnen. Stunde um Stunde verrann. Hatten die Männer sich geirrt? Baltasha machte sich Vorwürfe. Abertausende Kosha waren sie geritten, und nun das ... Verlangte der, von dem sie sich gerufen wussten, nicht zu viel von ihnen? „Höre mich, Ewiger!", stammelte er in seinem Herzen. „Hilf uns, wenn du dort oben bist …"

Als der Morgen graute, lag Gaspar, umsorgt von einigen Frauen, in einem der Zelte, zwischen denen der Rauch lodernder Feuer in den Himmel stieg. Schnell wurde ein Mahl für die so unvermutet angekommenen Fremden bereitet. Unter rauem Lachen und wortreichen Gesten wurden Becher herumgereicht.

Die Rishis und die Diener überließen sich in stummer Ratlosigkeit der ihnen angebotenen warmen Gastfreundschaft. Als der Abend kam und das Tageslicht auslöschte, sprach Baltasha mit den Dorfältesten. Solange es nötig war, wollte er gemeinsam mit Elawa in Gaspars Nähe sein und im Wechsel mit den Frauen seinen Schlaf bewachen. Sein Herz schlug ruhiger, als er sah, dass die Frauen nicht einen Augenblick in ihrer Aufmerksamkeit nachließen. Mehrmals am Tag erneuerten sie die Verbände an Waden und Knie des Kranken, die mit einem aus zerstoßenen Pflanzen bestehenden Brei getränkt waren. Wenn er erwachte, lächelten sie ihm aufmunternd zu und fütterten ihn wie ein Kind. Ihr freundliches Gemurmel verstummte, wenn er in einen unruhigen Schlummer fiel.

Baltasha griff es ans Herz, als er hörte, dass der Radscha in seinen Träumen offenbar daheim war, bei Arundathi, der Rani, und seinem kleinen Sohn.

Auch die Frauen schienen das zu begreifen. Flüsternd sprachen sie miteinander: „So jung ist er!" – „Sicher hat er Frau und Kinder und wünscht sich, er wäre bei ihnen." – „Woher mag er kommen? Könnten wir ihn doch fragen …" – „Aus dem Land, das vom großen Meer umspült wird, sind die Fremden gekommen. So sagte Malek. Warst du nicht dabei, als er davon sprach?" – "Ob seine Frau schön ist?" – "Heute ist schon der vierte Tag, und das Wundfieber will nicht weichen." – "Seid still! Er wird wach."

Als Gaspar genesen war, machten die Männer des Dorfes den Tag des Aufbruchs zu einem lärmenden Fest. Zwei lange Wochen hatten ihre Frauen mit all ihrer Fürsorge um das Leben des Fremden gekämpft. Nun saß er, umringt von seinen Freunden, auf einem Lammfell in ihrer Mitte, wenn auch noch etwas blass und angegriffen. Die Kinder des Dorfes, einige von ihnen an der Hand ihrer Mütter, drängten sich neugierig in seine Nähe.

Gaspar lächelte ihnen zu. Dankbar aß und trank er, was man ihm vorsetzte, während im hellen Licht der Sonne die Vögel in den Bäumen über ihnen ihr Lied sangen. Er war wieder gesund … Ein Dankwort an die All-Ewigen drängte sich auf seine Lippen, doch da war etwas, das ihn zögern ließ. Waren denn seine Gedanken nicht so oft bei jenem Einen und seiner Allmacht? Bei ihm, der den Sternen ihren Weg vorschreibt?

Das Mahl dauerte viele Stunden und lenkte ihn von seinem Grübeln ab. An diesem Tag noch aufzubrechen, war sinnlos. Reich beschenkt mit gedörrtem Lammfleisch, das viele Wochen reichen würde, mit Ghee und Käse, mit Felldecken und einem Dutzend Schafen, bestiegen die Rishis, Gaspar und die Diener am nächsten Morgen ihre Reittiere, tief beschämt von der Großherzigkeit dieser Menschen. Als Gaspar ihnen einige Goldstücke zum Dank überreichen wollte, wehrten sie lachend ab. Unter dreimaliger Umarmung verabschiedeten sich die Reisenden von den Männern des Dorfes und nickten den Frauen respektvoll zu, während sie die Hand auf ihr Herz legten.

Vier Tage lang blieben die zwei Führer noch bei ihnen. Ehe sie in ihre Berge zurückkehrten, ließ sich Baltasha von ihnen die einzuschlagende Richtung erklären und prägte sich die Namen der größeren Städte ein.

Die Bäume in den Wäldern des Berglandes, durch das sie seit Wochen ritten, trugen das frische Laub des Frühlings. In ihre Mäntel oder Decken gerollt, verbrachten sie die Nächte in ihren Zelten oder in den Karawansereien am Wege. Nicht selten geschah es, dass die Khans überfüllt waren. Nabatäische und syrische Kaufleute mit ihren Sklaven stiegen in ihnen ab; ihre Maultiere und Pferde grasten auf dem angrenzenden Weideland oder drängten sich in den Ställen. Trafen sie auf herumstreifende Nomadenstämme, suchten Gaspar und die Rishis ihre Nähe, um die Nahrungsvorräte für Mensch und Tier zu erneuern. Ermüdend war das Aushandeln des Preises; oft verstrichen Stunden, ehe sie ihre Reise fortsetzen konnten.

Wenn der Nachtwind an den Verschnürungen der Zelte zerrte und die Diener schlaftrunken hinaushuschten, um nach dem Rechten zu sehen, geschah es zuweilen, dass sie auf Baltasha trafen, der reglos dastand, an einen Baum gelehnt, den Kopf wie lauschend erhoben. Über der schlafenden Erde, über diesem fremden Land wölbte sich der Himmel mit seinen unbegreiflich vielen Sternen und der diamantenen Glut ihres flammenden Lichtes. Woran dachte er? An den Ruf, der ihn eines Tages, vor vielen Monaten, getroffen hatte: Komm ... Fürchte dich nicht ...

So verging Woche um Woche. Auf ihren schnellen Kamelen eilten sie in westlicher Richtung, übernachteten in den Khans großer Städte oder schliefen unter freiem Himmel. Trostlos und menschenleer war die unendliche Steppe, kahl und tot die große Wüste. Nicht einmal Nomaden durchstreiften sie. Doch der Karawanenweg bot Schutz und Sicherheit; sie konnten sich nicht verirren, und es gab Brunnen für Mensch und Tier.

Und es kam der Tag, der lang erwartete, an dem sie sich, noch ehe die Sonne aufging, von ihrem Lager erhoben, den Schlaf noch in den Augen. Baltasha war tief erregt. Über der baumlosen Landschaft dehnte sich der unermessliche Raum des Horizontes. Schweigend warteten sie. Baltasha schritt ruhelos auf und ab, in herzklopfender Erwartung.

Wenig später erglühte der Himmel in den rasch wechselnden Farben der Morgendämmerung. Da! Der ausgestreckten Hand des Rishis mit den Augen folgend, erblickten sie tief im Osten inmitten der verblassenden Sternbilder den Planeten Brhaspati, den Stern des Weltenherrschers, um vieles größer und strahlender als alle anderen. Ein tiefer Seufzer hob Baltashas Brust. Stumm wie seine Gefährten, in äußerster Anspannung, schaute er, bis der Glanz der höher steigenden Sonne die Helligkeit des Sterns allmählich auslöschte.

Die Schnelligkeit, mit der das geschah, enttäuschte ihn nicht. Dies hatte er erwartet. Die Berechnungen, vor vielen Jahren in den Sternwarten von gelehrten Männern niedergeschrieben, wieder und wieder von ihm überprüft, hatten nicht getrogen! Heute in neunzehn Tagen um die gleiche Zeit würden sie Sani aufgehen sehen. Jubel erfüllte sein Herz. Ein Blick auf Malkyor und Gaspar zeigte ihm, dass es ihnen erging wie ihm. Ihre Augen strahlten vor Freude und Erleichterung.

Und weiter ging es, immer nach Westen, auf gebirgigem Weg. Die Farben am Himmel erglühten und zerflossen, als Sani sich erhob, immer näher an Brhaspati heranrückend, langsam, in majestätischem Bogen, genau zur vorausberechneten Zeit.

Wo werden wir sein, sann Baltasha, wenn sie sich zum ersten Mal beggenen werden? Unter welchem Himmel werden wir stehen, wenn ihr gemeinsamer Abendaufgang – sehnlich erwartetes Zeichen der Verheißung! – unsere Hoffnung und Geduld erfüllen wird?

Die Tage zogen dahin. Rot und blau leuchteten die Frühlingsblumen auf der von Felsengebirgen umschlossenen Hochebene. Einem uralten Karawanenweg folgend, der große Städte berührte, ritten sie vom frühen Morgen bis zum Einbruch der Dunkelheit. Schon bald würden sie wieder in den Nächten reiten müssen, um der Glut der Sonne zu entgehen. Stießen sie auf Spuren verlassener Ortschaften, rasteten sie einige Stunden, um die fremde Pracht vergangener Jahrhunderte zu betrachten. Einstmals gewaltige Mauern waren nur noch von Gestrüpp und Brennnesseln überwucherte Ruinen, die Reste von mächtigen Toren und Türmen miteinander verbanden.

Wer hatte hier gegen wen gekämpft, wer mochte der Angreifer, wer der Verteidiger gewesen sein, zusammengebrochen unter den Schlägen der Waffen, in die Sklaverei verschleppt? Oder hatten sie fliehen können – mit dem wenigen, was sie auf dem Leibe trugen? Oder hatte hier die zerstörerische Gewalt eines Erdbebens gewütet?

Triumphe der Macht sahen sie an ihrem Weg, aber auch Symbole des Totenkultes: Gräber von Großkönigen, in steil aufragende Felsen gehauen, zu denen Hunderte von Stufen hinaufführten, mit rätselhaften Inschriften und Darstellungen waffenstarrender Krieger zu Fuß und zu Pferde; bärtiger Männer mit fremdartigen Kopfbedeckungen, Geschenke tragend; geflügelter Löwen mit aufgerissenen Mäulern. Dann empfanden sie schaudernd mehr denn je auf ihrer Wanderung den Atem des Todes und zogen die Mäntel fester um ihre Schultern, als frören sie.

Dem ersten Zusammentreffen des Doppelgestirns im Sternbild der Fische schenkten Baltasha und Malkyor wenig mehr als flüchtige Beachtung. Es wanderte seine Bahn nach den Gesetzen der Natur, die den Rishis nur bestätigten, was sie seit Langem wussten.

Gaspar hingegen verfolgte die Annäherung und die erste Begegnung mit wachsender Erregung; er erinnerte sich an jedes Wort, das Baltasha an jenem Nachmittag im Palastgarten von Nallur zu ihm gesprochen hatte: „Ein Wunder für jeden, der Augen hat! Und eine Botschaft!" Immer wieder schaute er hinauf zum Firmament, wenn die Dunkelheit über das Land fiel, und sein Herz erbebte. Wer bist du, dachte er, dessen Ankunft die Sterne dort oben verheißen? Hat Baltasha recht? Fürst der Gerechtigkeit hat er dich genannt, Verkünder der Wahrheit, Herrscher der Endzeit.

Den Atem des Todes hatten sie zu fühlen geglaubt, als sie an den hochfahrenden Monumenten von Macht und Ruhm vergangener Herrscher vorübergezogen waren. In Trümmer gelegt glaubten sie die Mauern ihrer Zuversicht, als sie keuchend in den glutheißen Sand der großen Wüste sanken; als sie strauchelnd und beinahe schneeblind – wie lange war das her? – die Höhen des gefürchteten Passes überschritten.

Nun, an diesem Morgen, blickten sie dem Tod in eine seiner schauerlichsten Fratzen. Zusammengepfercht mit Hunderten von Menschen, umringt von fast ebenso vielen Soldaten, wurden sie gezwungen, dem entsetzlichen Sterben eines zum Tod Verurteilten zuzusehen, der seit dem frühen Morgen unter dem fahlen Grau des Himmels am Pfahl hing, kaum fünfzig Schritte von ihnen entfernt.

Welche Schuld mochte der Gehängte auf sich geladen haben? War er ein entflohener Sklave? Ein Räuber? Hatte er Menschenblut vergossen? Schrecklich, wenn es so war. Doch welches Hirn war imstande, eine derart bestialische Hinrichtungsart zu ersinnen, die einen lebenden Menschen an einen Balken nagelte und ihn den Vögeln zum Fraß überließ?

Inmitten des Gedränges, das sich wie eine Herde Vieh unter dem scheußlichen Krächzen der in den Baumästen wartenden Geier duckte, war es dem Radscha und seinen Freunden erspart geblieben, die Exekution ansehen zu müssen. Sie sahen nicht die Henker, die den Unglücklichen mit Peitschenhieben in den Staub warfen. Doch sie hörten den fürchterlichen Schrei in ihren Ohren gellen, als Hammerschläge die Nägel in die Handgelenke trieben. Das keuchende, nach Atem ringende Stöhnen des Gemarterten, wieder und immer wieder unterbrochen von gurgelnden, wilden Schreien, hallte über den weiten Platz der Richtstätte, zu der man die Menschen der Stadt zur Warnung und Abschreckung getrieben hatte.

Mit einem wüsten Lärm hatte kurz nach Mitternacht der Schrecken begonnen. Laute Kommandorufe und Fußtritte, unter denen das Tor der Herberge krachend zerbarst, hatten die Schlafenden geweckt. Soldaten, Fackeln und Waffen in den Händen, waren in den Hof gestürmt und hatten den Wirt und die Gäste mit rohen Stößen und Hieben auf die Straße gedrängt, wo eine berittene Truppe sie erwartete. Die aufgeschreckten Tiere in den Stallungen rings um den Khan brüllten und stampften.

Auch vor den benachbarten Häusern waren Soldaten ausgeschwärmt; im gespenstischen Schein der Fackeln hatten sie die Bewohner zusammengetrieben: Männer, Frauen und Kinder. Im schwachen Licht des heraufdämmernden Morgens wurden sie stadteinwärts getrieben – eine lange Menschenschlange, umringt von ihren Bewachern.

Wären sie doch auf freiem Feld geblieben! Suchend, immer wieder nach dem Weg fragend, waren sie gestern Abend durch die Straßen der Stadt geritten und schließlich, staubig und schwitzend nach einem langen Tag, vor dem Khan von ihren Kamelen gestiegen, froh darüber, nach vielen Wochen wieder einmal nicht in ihren Zelten die Nacht zubringen zu müssen.

Gaspar kämpfte gegen eine Ohnmacht an und wünschte sie doch herbei, während die Gedanken an die Geschehnisse der letzten Stunden wie ein Albtraum auf ihn eindrangen – heftiger und rücksichtsloser als die wabernden Wolken von Stechfliegen, denen er und die Menschen um ihn herum ausgesetzt waren. Hilflos überließ er sich den Vorwürfen, die sich auf seine Lippen drängten. „Warum schlägst du nicht drein", stammelte er, „wenn du doch der

Fürst der Gerechtigkeit bist? Bosheit und Gewalt ringsum – siehst du das nicht, All-Ewiger?" Als er schwankte, spürte er Elawas stützende Hände. „Swami, halte aus!", flüsterte der Diener an seinem Ohr. „Ich bitte dich! Es wird bald vorüber sein ..."

Um nicht nochmals Derartiges erleben zu müssen, nahmen sie in den folgenden Wochen lästige Umwege auf sich. Wenn die Tore einer Stadt in Sichtweite kamen, trieben sie ihre Kamele zur Eile an und hielten sich abseits der Straßen. Und dennoch wussten sie, dass diese schauerliche Episode ein Teil ihrer Reise bleiben würde; immer wieder drangen die Gedanken an jene Stunden in ihr Bewusstsein, und das bittere Wissen um ihre Hilflosigkeit und Ohnmacht quälte sie.

Diese Hilflosigkeit war es wohl gewesen, die Baltasha, als alles vorüber war und die Soldaten sich zurückgezogen hatten, dazu brachte, zu dem Gekreuzigten hinzutreten. Malkyor, der Radscha und die Diener verstanden seinen stummen, bittenden Blick und waren ihm wie unter Zwang gefolgt. Eine heiße Welle des Entsetzens und Mitleids ergriff sie, als sie die Gestalt einer Frau gewahrten, die zu Füßen des Pfahles hingestreckt lag. Unablässig schlug sie ihren Kopf auf den Boden, stieß jammernde Klagelaute aus und umklammerte mit ihren Händen den Balken.

Der leblose Leib über ihr war qualvoll verzerrt, die weit ausgespannten Arme überströmt von angetrocknetem Blut, der Mund geöffnet wie in einem letzten Schrei. Gaspar fühlte ein Würgen in seiner Kehle und wandte sich schaudernd ab. Baltasha hatte sich neben der Frau niedergekniet und legte ihr mit einer scheuen Bewegung die Hand auf den Kopf. Und der Radscha konnte es nicht verhindern, dass ihm die Tränen in die Augen traten.

Gaspar, der mehr als seine Begleiter unter der Sehnsucht nach der Heimat litt, war in Gedanken oft im Palast seines Vaters, wenn in den Stunden der Rast lautlose Einsamkeit um ihn war. Wann würde er wieder das Tosen der Brandung hören, die gegen das Ufer der Lagune schlug? Was mochte Arundathi jetzt, in diesem Augenblick, tun? Hielt sie den kleinen Prinzen in ihren Armen? Sprach sie mit ihm über seinen Vater, der einen neugeborenen König suchte? Wie lange würde er brauchen, könnte er jetzt sein Kamel besteigen und heim reiten … Oh, Arundathi!

Und wieder waren die anderen Gedanken da, andere Bilder verdrängten das zarte, schmale Gesicht der Rani, das aufblühende Leuchten ihrer Augen, ihre langen Wimpern. Baltasha sah er vor sich, der neben der Frau des Hingerichteten auf den Knien lag und ihr mit der Hand über den Kopf strich. Er sah ihn sich erheben, einige Schritte zurücktreten und vor der liegenden Gestalt sich verneigen, die, halb von Sinnen, noch immer den Balken umklammert hielt. Oh, Baltasha, dachte er, so lange schon kenne ich deine Herzensgüte und deinen Mut, der alles wagt. Hilf uns, aus diesem schrecklichen Land herauszukommen!

Staub und Hitze blieben ihre Begleiter, auch die Furcht vor Wegelagerern und Giftschlangen. Für die raue Schönheit der Landschaft hatten sie kaum einen Blick. Wenn sie sich im Schutz hochragender Felsen zur Ruhe legten, nachdem die Diener umsichtig das Gelände erkundet hatten, tauschten sie ihre Gedanken aus über das, was ihnen widerfahren war, und über das Kind, zu dem sie unterwegs waren. Würde es eines Tages diese Welt der Gewalttätigkeit und Bosheit zertreten? Würde es kommen, um Gericht zu halten mit dem Schwert in seinen Händen? Oder mit dem Schwert seines Mundes, um einen neuen Anfang zu schaffen, ein Leben ohne Unterdrückung und Machtgier, ohne Kriegslärm?

Gaspar bemerkte, dass Malkyor widerstrebend, fast ungehalten, den Kopf schüttelte. „Kann denn vergossenes Blut mit neuem Blutvergießen bezahlt werden? Kann Macht gegen Macht, kann Schwert gegen Schwert einen neuen Anfang schaffen?" Zorn lag in seiner Stimme. „Leben, wirklich leben kann der Mensch doch nur, wenn er sich von Wahrheit und Gerechtigkeit leiten lässt. Gewalt ... Ein schreckliches Übel ist das! Das haben wir doch an diesem unseligen Tag erfahren! Bis in unsere Träume verfolgt er uns. Und doch ist er nur einer unter vielen anderen. Mehr als ein Jahr ist seit unserem Aufbruch vergangen. Wurde uns nicht auch viele Male Hilfe zuteil? Hat man uns je Gastfreundschaft verwehrt? Haben wir auch nur einmal um Wasser betteln müssen?"

Ein langes Schweigen folgte. Gaspar schreckte auf, als er Baltashas Stimme vernahm. „Du hast recht, Malkyor! Vergib uns den Kleinmut, der aus unseren Worten sprach. Es gibt auch Barmherzigkeit, hilfreiche Hände, Vertrauen und Freundschaft, es gibt das Lächeln eines Kindes in den Armen seiner Mutter. Wisst ihr noch, wie wir eines Tages unter den letzten Resten von Schnee voller Staunen neues Leben keimen sahen? ... Wie ein Licht in der Dunkelheit ... Licht macht Dunkles hell, doch Böses kann Böses nicht überwinden. Und darum glaube ich auch, dass nicht Macht und Gewalt die Waffen dessen sein werden, vor den wir treten werden, sobald wir ihn gefunden haben. Danke, Freund, dass du uns daran erinnert hast."

Das dichte Laub der Bäume über ihnen wisperte im Abendwind. Gaspar schaute zu den Dienern, die, gegen die aufgeschichteten Packsättel gelehnt, einige Schritte seitwärts von ihm und den Rishis lagen und geduldig auf das Zeichen zum Aufbruch warteten. Er dachte an das Kind und aus diesen Gedanken erhoben sich Fragen wie kleine Flämmchen, in die ein Windstoß fährt.

„Baltasha!"

„Ja, Gaspar?" Der Rishi lächelte ihn an. Die Traurigkeit in seinen Augen, die dem Radscha nicht entgangen war, hatte einem ruhigen Ernst Platz gemacht.

„Der uns dieses Kind verhieß – was wissen wir von ihm? Auch der Judäer glaubt ja an jenen Einen und Ewigen. Du hast uns viele Male davon erzählt. Und dass es einen Zusammenhang zwischen ihm und den Verheißungen gibt."

Baltasha hob den Kopf. Nachdenklich erwiderte er: „Wir wissen wenig, Gaspar. Und wäre er der Eine, der Ewige, wenn wir wüssten, wie er ist? Der Judäer sagte von ihm, dass die Himmel der Himmel ihn nicht fassen. Nur wenn wir vor ihm still werden, können wir vielleicht eine winzige Spur seiner Wirklichkeit erkennen. Dass es ihn gibt, ist genug!"

Wie ein zitternder Vogelruf in der Morgendämmerung, wie aus weiter Ferne klang seine Stimme: „Dich und mich, uns alle, kannte er schon seit Anbeginn der Zeiten. Ängstigen wir uns nicht! Er misst uns den Weg zu …"

6. Zerbrochen wird das Joch (Jes 9,3)

Joseph erkannte den Platz sogleich. Nichts schien verändert, seit er als Kind viele Stunden des Tages mit seinen Brüdern hier verbracht hatte. Dort, vor der hohen Mauer aus unverbundenen Steinen, hatten sie gespielt. Unverändert schienen ihm die Kapern- und Ginstersträuche und das silberfarbene Laub der Ölbäume, zwischen deren Stämmen die fernen Häuser von Betlehem gerade noch zu erkennen waren. Die Gladiolen und Krokusse, Anemonen und Tulpen, die im Frühling einen wilden Farbteppich auf das Land warfen, waren nun längst verblüht. Die Hitze des Sommers hatte den steinigen, kargen Boden und die Stoppelfelder jenseits des Dorfes verbrannt, doch der starke Geruch der Terebinthen, der ihm seit seinen Kindertagen so vertraut war, lag noch immer in der flirrenden Luft des späten Nachmittages.

Joseph nahm den Wasserschlauch von seinen Schultern und legte ihn auf den Steinen der Einfassung ab. Eine Grünechse, aufgeschreckt aus ihrer starren Ruhe, verschwand zwischen dem Mauerwerk. Er kauerte sich zu Füßen der Mauer nieder und überließ sich seinen Gedanken an Mirjam und die Unterkunft, die sie gefunden hatten. Heute in der Nacht würde es geschehen, hatte sie gesagt, mit einer Stimme voller Ruhe und Zuversicht, als er sie am Eingang der Grotte in seine Arme zog, um ihr für einige Stunden Lebewohl zu sagen.

O Mirjam, Mirjam! Im Stall einer Höhle Judäas wird er also zur Welt kommen, weit weg von Nazaret, weit weg von meiner Werkstatt …

„Was sitzt du hier", schalt er sich, „und grübelst über

Dinge, die doch nicht zu ändern sind? Du hast dich doch bemüht ... Auf jeden ihrer Schritte hast du geachtet auf dem Weg, den wir gegangen sind, weil fremde Herren es befahlen. Und am Ende des langen Weges war ein Stall, seit Jahren nicht benutzt. Nun ist er sauber, der Boden ist gefegt, Öllichter brennen, der Eingang ist mit Matten verhängt. Alles, was wir brauchen, liegt bereit: Brot und Wein, Wasser für den Esel, für unsere Hände und Füße und den Staub unserer Kleider. Alles Übrige überlassen wir dem Willen und den Händen des Ewigen. Unrecht, Gewalt und Ausbeutung lasten auf unserem Volk, doch er wird alles wenden. Den Barmherzigen nennen ihn unsere Väter ... Ja, barmherzig ist er! Ein Dach gab er uns, wenn es auch nur eine Höhle ist. Und Schifra ist bei ihr, um ihr in ihrer Stunde beizustehen."

Seine erste Sorge war es gewesen, im Dorf eine Frau zu finden, auf die Mirjam zählen konnte – das hatte er auch Jojakim, Mirjams Vater, versprochen. Der Rat des Synagogenvorstehers, an Schifras Tür zu klopfen, hatte sich als hilfreich erwiesen. Joseph war erleichtert gewesen, als die Frau, eine erfahrene Hebamme, sogleich ihre Hilfe zusagte.

Joseph presste den Rücken gegen die Mauer. Er war müde und die Schultern schmerzten von der Last des Wasserschlauches, den er am Brunnen von Betlehem gefüllt hatte. In seine Gedanken versunken, bemerkte er kaum, dass die Dämmerung jäh hereinbrach. Der Vogelgesang im Laubwerk der Bäume verstummte.

Die Stille um ihn zerbrach, als von weit her das Heulen von Schakalen an sein Ohr drang. Die Arme um die hochgezogenen Knie gelegt, lauschte er gleichmütig auf das ferne heisere Geheul. Auch sie verkünden sein Lob, dachte er bei sich, auch sie rief er ins Leben durch sein Wort.

Die Schatten vertieften sich. Joseph erhob sich und blickte sich suchend um. Dort, nach Norden hin, lag die Heilige Stadt, dort brannte der siebenarmige Leuchter. Er schloss die Augen, um seine Gedanken zu sammeln, und breitete die Hände aus zu einem kurzen Gebet. „Ewiger, Gott Abrahams, Isaaks und Jakobs, ich gebe mich und meine Frau Mirjam in deine Gegenwart. Gepriesen seist du am Tage, gepriesen bei Nacht. Die Sterne leuchten zu deinem Lobe, deinen Ruhm verkünden sie. Gepriesen seist du, Jahwe, Gott Israels, unser Vater, von Ewigkeit zu Ewigkeit!"

Worte aus den heiligen Schriften, die er schon als Kind den Eltern nachgesprochen und in der Synagoge gehört hatte, drängten sich aus seinem Herzen. Geborgen im uralten Beten seiner Väter, die Augen geschlossen, pries er die Großtaten des Allmächtigen. „Kommt und seht die Taten Gottes! Staunenswert ist sein Tun an den Menschen. Seine Feinde zerstieben; die ihn hassen, fliehen vor seinem Angesicht. Wer gleicht ihm, der in der Höhe thront, der hinabschaut in die Tiefe, der den Schwachen aus dem Staub emporhebt und den Armen erhöht? Singet dem Herrn ein neues Lied, denn er hat wunderbare Taten vollbracht. Er hat sein Heil bekannt gemacht und gedacht an seine Huld und Treue zum Haus Israel. Er denkt an seinen Bund, an das Wort, das er gegeben hat für tausend Geschlechter. Jubeln sollen alle Bäume des Waldes vor dem Herrn, wenn er kommt, um die Erde zu richten."

Joseph hielt inne. Ist sein Kommen das Gericht über die Welt? Wie hatte das Wort von Gott in jenem Nachtgesicht in Nazaret zu ihm gesprochen? „Er wird ein Helfer seines

Volkes sein und es aus der Verstrickung seiner Schuld erlösen!"

Sein Herz erbebte bei diesen Gedanken. Nein, nicht die Mächtigen sind die Herren der Welt! Wohltäter lassen sie sich nennen und Segensspender und doch beuten sie uns aus und bringen uns um unser Hab und Gut. Wenn er, der über den Himmeln ist, es will, dann geschieht es, dass alle irdische Macht in Gang gesetzt wird, damit sein heiliger Wille geschehe; damit Mirjams Sohn in der Stadt Davids zur Welt kommt ...

„O Adonai!", flüsterte Joseph und sank in die Knie. „Ist das dein Gericht? Das Kommen des Verheißenen in unser Fleisch?" Er schlug die Hände vor das Gesicht und betete, ihm war, als schlüge sein Herz wie eine Kesselpauke am Tag des Neumondfestes: „Der Herr hat David geschworen, einen Eid hat er geschworen, den er niemals brechen wird: Einen Spross aus deinem Geschlecht will ich setzen auf deinen Thron ..."

Joseph beugte sich zu Mirjam nieder und küsste sie auf die heiße Stirn. Sie lächelte ihn liebevoll an, während er mit geschickten Händen das über das Strohlager gebreitete Leinentuch glatt strich, auf dem sie ruhte. „Du musst nun gehen. Bitte!", sage sie mit leiser Stimme, seine Schultern umfassend. „Schifra wird dich rufen. Sorge dich nicht!"

Er nickte nur; zu sprechen vermochte er nicht. Wie sehr verlangte es ihn, ihr noch ein Wort zu sagen, doch seine Zunge gehorchte ihm nicht. Er erwiderte den sanften Druck ihrer Arme und betrachtete sie im Feuerschein der Öllichter, die, an den Wänden befestigt, ihr zitterndes Licht in die Grotte warfen. Der feine Bogen ihrer Augenbrauen, dunkler als ihr Haupthaar, schien angestrengt zusammengezogen, doch ihr Atem ging ruhig. Mirjams Augen folgten ihm, als er sich erhob und nochmals einen langen Blick auf sie warf. Erst als Mirjam zu Schifra blickte, die sich an der hinteren Wand der Höhle über die Feuerstelle beugte und Holzscheite nachlegte, riss er sich los. Mit einer kaum merkbaren Bewegung hob er die rechte Hand zu einem scheuen Gruß und trat aus der Grotte, die Schilfmatte sorgsam hinter sich schließend.

Die Stille der Nacht umfing ihn. Über dem judäischen Bergland spannte sich die ungeheure Weite des Firmamentes mit Myriaden von Sternbildern, die ihr funkelndes, geheimnisvolles Licht auf die Erde gossen. Immer waren sie ihm als ein sichtbares Zeichen der Pracht und Hoheit des Allmächtigen erschienen, der – so hatten es Vater und Mutter ihn gelehrt – auf unfassliche Weise über den Sternen throne und ihn, den kleinen Joseph, seit jeher bei seinem Namen gerufen habe. In diesem Glauben war er aufgewachsen. Auch jetzt, in diesen Stunden, da ihm nichts zu tun blieb als zu warten, empfand er Trost und Zuversicht bei dem Gedanken, dass der Allerhöchste um seine Sorgen und Ängste wusste.

Joseph blickte unschlüssig um sich. Er zog den dichten, weiten Mantel enger um die Schultern und ging einige Schritte. Etwas abseits lag ein großer, flacher Stein inmitten des Geröll. Er setzte sich darauf und stützte den Kopf in beide Hände. Um ihn war atmende Stille.

Hier war er nun, so dachte er, am Ende eines mühsamen Weges. Wie unruhig war er gewesen in Gedanken an die möglichen Gefahren, denen er seine ihm angetraute Frau und das in ihr wachsende Leben aussetzte, als er sein Grautier zäumte, um Besitz und Eigentum in seiner Vaterstadt anzugeben! Belebte, aber auch einsame Wegstrecken hatten sie über die Berge und durch den Jordangraben zurückgelegt. Wo sein Mut schwach gewesen war, hatte der Allerhöchste geholfen. Unbehelligt von wilden Tieren und Dieben waren sie schließlich in Betlehem angekommen. Was tat es, dass sie in der Karawanserei keinen Platz gefunden hatten?! Bot ihnen die Grotte nicht Wärme und Geborgenheit, nachdem er sie in angestrengter Arbeit so wohnlich wie möglich hergerichtet hatte?

Der kaiserliche Befehl hatte ihn aufgeschreckt, doch gleichzeitig hatte er erleichtert aufgeatmet. Die Entscheidung wurde ihm von einer Seite abgenommen, an die er zuletzt gedacht hatte. Anna erriet sogleich seine Gedanken und bat ihn inständig, allein zu gehen und Mirjam in ihrer Obhut zu lassen, bis er zurückkehre. Joseph hörte ihre Einwände geduldig an, aber sie vermochten seinen Entschluss nicht zu ändern. Wochenlang hatte er gebetet und gegrübelt, was zu tun sei. Im Dorf tuschelte man hinter vorgehaltenen Händen und zerriss sich die Mäuler. Wer hätte ihr auch glauben können, hätte Mirjam über das gesprochen, was ihr widerfahren war. Hatte nicht er selbst, der doch die Einfachheit und Unbefangenheit ihres Wesens, die Kraft und Zartheit ihrer Liebe zum Allerhöchsten kannte wie niemand sonst, die Qualen des Zweifels durchlitten, bevor Gottes Botschaft ihn traf? Ein Schmerz, grausamer als jede körperliche Pein, hatte ihn wie ein Feuerbrand erfasst. Fort! Das war sein erster Gedanke gewesen. Doch konnte er das tun? Nein! Um nichts in der Welt würde er sie allein zurücklassen. Er liebte sie mehr als sein Leben. Und er kannte die Menschen im Dorf. Die versteckten Andeutungen würden nicht aufhören. Das Gerede am Brunnen. Das Tuscheln in den Gassen. Wenn aus dem Geschwätz eine Anklage würde …

In den letzten Tagen des Monats Nisan traf ihn Gottes Wort durch einen Engel: „Schalom, Joseph, Sohn Davids!" Zitternd lag er auf seinem Lager neben der Werkstatt und lauschte einer Stimme, die zu ihm sprach wie zu einem Freund; die um sein Ja bat, damit das Kind nicht nur eine Mutter, sondern auch einen Vater habe. „Scheue dich also nicht, Mirjam als deine Frau zu dir zu nehmen, denn um ihr Kind, das sie im Schoße trägt, ist das Geheimnis des Allerhöchsten und seines schöpferischen Geistes. Denke daran, Joseph: Er, dessen Bote ich bin, hat es schon durch einen Propheten ankündigen lassen …"

Unbegreifliches Geheimnis: Der Gott Abrahams, Isaaks und Jakobs sandte den Verheißenen, den Meschiah. Wie oft hatte er in den heiligen Schriften davon gelesen! Der lange Erwartete sollte geboren werden, und er, Joseph, sollte ihm Vater sein! „Es sei, wie du sagst!", flüsterte er.

„Es sei, wie du sagst!", wiederholte Joseph, die Hände gegen die Brust gepresst. „Wenn es der Wille des Höchsten ist …" Ein Duft war um ihn wie der Geruch der blutroten Anemonen, die vor Wochen an den Berghängen Galiläas bis hinunter zu den purpurfarbenen Weingärten in der Ebene von Esdrelon aufgebrochen waren. Doch er nahm nichts davon wahr. Ihm war, als stünde die Zeit still. Rasch und laut ging sein Atem. O Adonai …

Es ist die Mitte der Nacht. Ein Ruf reißt ihn aus seinen Gedanken. Die Beine, gefühllos von der beißenden Kälte der nächtlichen Stunde, versagen ihm den Dienst. Stolpernd, mit beiden Händen an dem rauen Steinblock Halt suchend, kommt er auf die Füße. Schifra!, denkt er. Das muss Schifra sein! Wie lange habe ich hier gesessen? Hellwach ist er jetzt, er spürt, wie er zittert. Nicht die Kälte ist es, die ihn erschauern lässt.

„Joseph!"

Wieder der Ruf, lauter diesmal, drängender. Ja, es ist Schifra. Im Schimmer der Sterne, einem Lichtnebel gleich, erkennt Joseph ihre Gestalt vor dem Hintergrund der Höhle. Er öffnet den Mund, um ihr Antwort zu geben, doch seine Zunge ist hart wie ein Kieselstein. Mit schnellen Schritten ist er bei ihr. Auf dem Gesicht der Frau liegt Erleichterung und Freude. Nur einen winzigen Augenblick lang nimmt Joseph diesen Ausdruck wahr, dann drängt er sich an ihr vorbei und schlägt die Schilfmatte beiseite.

Die Öllichter an den Wänden brennen. Neben der Futterkrippe sitzt Mirjam auf einer Decke, ganz weiß gekleidet. In den Armen hält sie das Neugeborene, gewickelt in Windeln. Schultern und Köpfchen sind sorgsam mit einem Zipfel ihres Schleiers bedeckt, der auf ihren Schultern liegt. Einige Herzschläge lang bleibt Joseph unter dem Eingang der Höhle stehen. Mit allen Kräften seiner Sinne schaut er und schaut, als wolle er sich dieses Bild für alle Ewigkeit einprägen. Ihm ist, als höre er den Widerhall der Stimme des Engels: „Jeshua sollst du ihn nennen, denn er wird ein Helfer seines Volkes sein." Jeshua! Mirjams Sohn ...

Erst als Mirjam ihm behutsam das Kind entgegenstreckt, löst er sich aus der Betrachtung. Vorsichtig setzt er einen Fuß vor den anderen, als fürchte er, ein unachtsamer Tritt seiner Sandalen auf dem felsigen Grund könne den Schlaf des Neugeborenen stören, und nimmt zur Rechten Mirjams Platz, die ihm das Kind in seine Arme legt. Nach uraltem Brauch seines Volkes ist das Neugeborene in diesem Augenblick nach Recht und Gesetz sein Sohn.

Mit einem Blick, der von sehr weit herzukommen scheint, schaut Mirjam auf das atmende Leben nieder. Auch Joseph versenkt sich ins Schauen. Tief im Innern weiß er: Andere Stunden als diese werden kommen – nicht so beseligende wie diese –, aber solange wie möglich wird er der geliebten Frau und diesem Kind Schutz und Geborgenheit geben, die Kraft seiner Arme und seines Vertrauens auf den Allerhöchsten.

Seine Augen erforschen liebevoll alle Einzelheiten des winzigen Gesichtchens: die geschlossenen Lider mit den dunklen Wimpern, die samtene Schwärze der in die Stirn fallenden Haare, die Zartheit der Haut an den Schläfen, so durchsichtig zart, dass die bläulich schimmernden Adern zu erkennen sind. Die kleinen Händchen, zu Fäusten geballt, recken sich mit einem schwachen Zittern hoch, als ein tiefer Atemzug die Brust des Kindes hebt. Gleich darauf tastet sich die Linke zu den halb geöffneten Lippen und bleibt dort liegen. Die Lider zittern, das Gesichtchen verzieht sich.

Joseph spürt, wie Mirjam sich enger an ihn schmiegt, als die Augen des Säuglings sich öffnen. Mit angehaltenem Atem suchen sie im flackernden Schein der Öllampen den Blick des Kindes, doch seine Augen – groß sind sie und sehr dunkel – schauen scheinbar ins Leere und fallen sogleich wieder zu. Joseph streichelt zärtlich die

Stirn des Kindes. Kalt ist es in der Höhle und die Dunkelheit der Nacht will, so scheint es ihm, das schwankende Licht der Lampen auslöschen. Doch Mirjams Arm, der auf seinen Schultern ruht, gibt ihm Wärme. Aneinandergeschmiegt sitzen sie auf der Decke und schauen auf das schlafende Kind nieder, ein Wissen teilend, das sie auch unter Tränen lächeln lässt.

Die Holzscheite knistern und zischen in der Glut. Der Esel bewegt sich unruhig im Schlaf.

Dass sich in eben dieser Stunde in einer Talmulde einem Haufen rauer Männer der Himmel in einer ungeheuren Woge von Licht auftut, ahnen Mirjam und Joseph nicht. In der Glut dieses Lichtes erlöschen die Nachtfeuer, um die sich die Männer – verachtete Hirten, die mit ihren Schafen und Ziegen von einem Weideplatz zum nächsten ziehen – niedergelassen haben. Steinschleudern und Keulen, ihre Waffen gegen Wölfe und Viehdiebe, fallen ihnen aus den Händen, als der Klang fremder Stimmen an ihre Ohren dringt. Sie wollen sich erheben, auf die Füße springen. Sie können es nicht, eine milde Macht zwingt sie in die Knie.

„Wir kommen zu euch mit dem Friedensgruß. Habt keine Furcht! Wir verkündigen euch eine große Freude ..."

Die Angst, die über Joseph gekommen war, als Schifra ihn an den Schultern rüttelte, wich fassungslosem Staunen, als die Männer, noch atemlos und erhitzt von ihrem eiligen Lauf, berichteten, was ihnen widerfahren war. War das wahr, was sie erzählten? Seine Augen suchten den Blick der Fremden, die am Eingang der Grotte beieinander standen und in wirren, abgerissenen Sätzen auf ihn einredeten. Er zwang sich zur Besonnenheit. Nein, es gab wohl keinen Grund für Zweifel oder Befürchtungen. Ihre Augen waren ohne Falsch. Ob sie Waffen trugen, war unter den steifen Mänteln aus Ziegenhaar nicht auszumachen. Auf den Feldern des Boas, erzählten sie, hüteten sie ihre Herden. Joseph kannte die Gegend aus seiner Kinderzeit. Damals hatte er sich nichts sehnlicher gewünscht als Hirt zu sein, unter dem nächtlichen Himmel zu liegen, allein oder mit Jachmai, seinem Freund, und tagsüber an einer Flöte zu schnitzen. Hatte nicht auch der junge David seine Herden in die Steppe geführt?

Mirjam stand regungslos neben ihm. Nichts an ihr ließ erkennen, ob sie Angst empfand. Ein Schleier, weiß wie ihr Gewand, verhüllte ihr Gesicht. Dennoch wusste er, dass sie den Krippentrog und das Kind darin nicht aus den Augen ließ. Seine Hand suchte die ihre; sie war eiskalt wie die Luft, die mit der grauen Morgendämmerung in die Höhle strömte.

Wie viel Vertrauen ist in ihrem Herzen!, dachte er bei sich. Sie schweigt und vertraut. Doch konnte er wildfremde Menschen einfach einlassen? Gewiss, sie hatten den Seinen und ihm Frieden gewünscht, als sie voller Ungeduld um Einlass baten. Das Geraune der Hirten verstummte, als Joseph die Hand hob und auf sie zutrat. „Einer von euch mag sprechen", sagte er, „und uns berichten, was ihr gehört und gesehen habt."

Ein hagerer, fast kahlköpfiger Mann, augenscheinlich der älteste der Gruppe, räusperte sich. „Ich bin Asarel", begann er. Einen Blick auf die Futterkrippe werfend, bemühte er sich, mit gedämpfter Stimme zu sprechen. „Vor einigen Stunden zog ganz plötzlich etwas wie ein Feuerbrand über den Himmel, als wir bei unseren Herden lagen. Seit Jahren schon kommen wir dorthin. Wir kennen jeden Strauch, jeden Stein ... Ich bin ein alter Mann, doch nie in meinem Leben habe ich je so etwas gesehen!" Ein Zucken lief über sein Gesicht. „Wir schrien auf vor Erschrecken und Furcht. Dann hörten wir die Stimme. Wort für Wort werde ich dir wiederholen, was wir alle gehört haben: ‚Fürchtet euch nicht, denn ich verkünde euch eine große Freude, die dem ganzen Volk zuteil werden soll: Heute ist euch in der Stadt Davids der Retter geboren; er ist der Meschiah, der Herr. Und das soll euch als Zeichen dienen: Ihr werdet ein Kind finden, das, in Windeln gewickelt, in einer Krippe liegt!'"

Der Alte strich erregt über seinen grauen Bart. Im zarten Schimmer des Morgenlichtes traten die dunklen Adern auf den sonnenverbrannten Handrücken deutlich hervor. Joseph flüsterte ein kurzes Lobgebet und ließ seinen Blick nicht von dem Gesicht des Hirten. „Sag selbst! Durften wir da zögern? Zweifellos hat der Gott unserer Väter durch jene Stimme zu uns gesprochen. So haben wir uns sogleich auf den Weg gemacht, nachdem wir die Tiere in den Pferch getrieben hatten. Mit Hilfe des Allerhöchsten wird ihnen nichts zustoßen. Zudem haben wir wachsame Hunde." Er hob seine Stimme. „Und jetzt, ich bitte euch, erlaubt uns, das Kind zu sehen. Wir bitten euch im Namen Gottes!", wiederholte er.

Joseph trat zur Seite. „Seid willkommen! Groß ist Gottes Barmherzigkeit. So sollen alle sprechen, die er herausgeführt hat aus Dunkel und Finsternis, und deren Fesseln er zerbrach." Und scheu wie Kinder, die zum ersten Mal das Tamburin zum Klang eines ihnen fremden Liedes schlagen, traten die Hirten näher und fielen vor dem Kind und seiner Mutter auf die Knie ...

Graue Wolkenberge bedeckten den Himmel bis zum Horizont. Ein böiger Wind trieb den Staub vor der Höhle in Wirbeln vor sich her und riss die letzten Blätter von den Ästen der Bäume. Asarel, inmitten seiner Gefährten vor dem Steinblock kauernd, auf dem Joseph vor zwei Nächten gesessen und voller Ungeduld auf Mirjams Stunde gewartet hatte, schaute nachdenklich auf seine Hände, als suchte er dort eine Antwort.

Endlich hob er den Kopf und blickte Joseph an. „Ich begreife deine Unruhe", sagte er. „Jeruschalajim ist nahe und der alte Wüterich hat seine Spitzel überall. Aber wie könnten wir schweigen über das, was wir gehört haben? Über das, was wir mit eigenen Augen gesehen haben? Dem ganzen Volk gilt ja die Botschaft! Müssen wir sie nicht weitergeben? Herodes ..." Verachtung und Zorn färbten Asarels Stimme. „Warum sollte er etwas auf das Gerede von Hirten geben? Der Allerhöchste steht zu seinem Bund. Gelobt sei er!" Er verstummte, dann setzte er hinzu: „Gelobt sei er für seine Treue, die er uns geschworen hat, gelobt für den Frieden, der uns verheißen wurde. Hell ist unsere Nacht seit jener Stunde. Auch die deine ... Sorge dich also nicht!"

„Friede!", entfuhr es Joseph. „Du sprichst davon, als ob ..." Ein Gefühl der Traurigkeit verschloss ihm den Mund. Jedes Haus, jedes Stück Land, ging es ihm durch den Sinn, wird gezählt. Kinder schreien nach Brot. Viele wachsen vaterlos auf und weinen sich in den Schlaf. Römische

Kreuze stehen auf den Hügeln. Und Asarel redet vom Frieden ...

Der Alte schien seine Gedanken zu erraten. „Aber die Stimmen sagten so", versicherte er mit hartnäckiger Heftigkeit. „Und es klang wie ein Lied unter dem Sternenhimmel: Verherrlicht ist Gott in der Höhe und auf Erden ist Friede bei den Menschen seiner Gnade."

Joseph fühlte sich seltsam getröstet, als die Hirten eine Weile später in die Grotte traten, um von Mirjam Abschied zu nehmen. Jedem der Männer legte sie nacheinander das Kind in die Arme. Und wieder war ein sehnsuchtsvolles Staunen in ihren Augen. Stumm drückten sie das Neugeborene an ihre Brust. Nur Asarel murmelte etwas, aber Joseph, der am Höhleneingang stehengeblieben war, verstand nicht, was er sagte.

Bevor sie gingen, verneigten sie sich nochmals vor dem Kind und seiner Mutter. Mirjams Dank für die mitgebrachten Gaben wehrten sie ab. „Mit leeren Händen sind wir zu euch gekommen in jener Nacht", sagte der Alte. „Wir haben nur nachgeholt, was wir in der Eile versäumt hatten. Was sind diese bescheidenen Gaben angesichts des Erbarmens, das der Gott unserer Väter uns erwiesen hat! Dankt ihm, nicht uns ..."

In tiefer Versunkenheit, die Augen geschlossen, wartete Joseph. Als der Priester endlich seine Hände senkte zum Zeichen, dass die Segensformel beendet war, richtete Mirjam sich aus ihrer gebeugten Haltung auf. Ihr Gesichtsausdruck veränderte sich, als Joseph sich ihr zuwandte und Jeshua in ihre Arme legte. Ein Lächeln lag auf ihrem Gesicht, als ihre Blicke sich trafen. Nie war sie ihm schöner erschienen. Das schlafende Kind in ihren Armen verstärkte noch den mädchenhaften Liebreiz ihrer Gestalt. Erst als der Priester eine ungeduldige Bewegung machte, besann sich Joseph. Er sammelte sich, neigte Kopf und Schultern und sprach mit ausgebreiteten Armen das vorgeschriebene Gebet: „Gepriesen seist du, Herr, ewiger Adonai, König der Welt, Schließer des Bundes! Du hast uns Leben und Bestand gegeben, dass wir diese Zeit erreicht haben. Heimatlose, schweifende Aramäer waren unsere Väter. Mit starker Hand hast du sie herausgeführt aus Ägypten, dem Sklavenhaus. Ihre Nachkommen hast du versiegelt mit dem Zeichen des heiligen Bundes."

Mirjam drückte das Kind fester in ihre Arme, als die Stimme neben ihr zu schwanken begann wie ein Baum unter einem jähen Windstoß. „Blicke herab von deiner heiligen Wohnung, vom Himmel, und segne Jeshua, Sohn deines auserwählten Volkes. Segne dein Volk und das Land, das du uns gegeben hast." – „Amen!", flüsterten ihre Lippen.

Auf dem weiten Platz drängten sich die Menschen. Die Sonne – es war später Vormittag – warf ihr flammendes Licht auf den weißen Marmor der Säulen und Balustraden. Trotz des Gewühles lag eine gesammelte Ruhe über dem Vorhof der Frauen, weitab von dem Geschrei und dem Lärm an den Tischen der Händler und Geldwechsler unter den Säulengängen im äußeren Tempelbezirk.

„Amen!", sprach auch Joseph. Und ihm war, als falle eine schwere Last von seinen Schultern. Ja, er hatte sich geängstigt, als er daran dachte, dass sie zum Tempel hinaufziehen mussten, um nach Brauch und Gesetz das Reinigungsopfer darzubringen und Jeshua dem Herrn zu weihen. Konnte die Kunde von den Ereignissen am Rande von Betlehem vor mehr als einem Monat nicht längst nach Jeruschalajim gedrungen sein? Musste er sich nicht Sorgen machen?

Mirjam war gelassen wie immer. Er, der um ihren Erstgeborenen wusste, würde seine Hand über sie halten, meinte sie, als Joseph ihr erzählte, was ihn bedrückte. „Du bist ihm Vater", schloss sie, „Stellvertreter des Allmächtigen, der sich um alle seine Kinder sorgt. Keinen besseren wusste er als dich für unseren Sohn!" Sie lächelte ihn liebevoll an. „Vertraue ihm! Sind wir nicht hergekommen, weil er den Kindern Israels Huld erwies in jener Nacht des Gerichtes über Ägypten? Was wir tun, tun wir zur Erinnerung an seine Gnade."

Mit diesen Gedanken wandte er sich der Treppe zu, die hinter der Schönen Pforte auf den Vorhof der Heiden hinabführte. Mirjam hielt sich eng an seiner Seite, Jeshuas Stirn und Augen mit einem Zipfel ihres Schleiers vor dem blendenden Sonnenlicht schützend. Niemand schien sie zu beachten – ein Elternpaar wie Hunderte andere, die zum Tempel des einzigen und wahren Gottes hinaufzogen, dem Ort seiner unauslöschlichen Verheißung und Offenbarung.

Joseph schrak zusammen, als sich plötzlich eine Frau durch die Menge drängte und auf sie zutrat. Ihr Schleier, der Haar und Stirn bedeckte, war von gleicher Farbe wie der Mantel, eine Simlah aus gebleichter Wolle. Ihre Augen suchten Mirjams Blick, doch gleich darauf schaute sie auf das Kind. Ein Lächeln erhellte ihr faltiges Gesicht. Erleichterung, ja Freude, war darauf zu lesen. Josephs

Herz schlug rascher, als er das gewahrte. Warum verstellte ihnen die Fremde den Weg?

Die Frau hob in einer entschuldigenden Gebärde die Hände. „Bitte, wartet einen Augenblick!", begann sie. In ihre Stimme lag eine Dringlichkeit, aber auch Ungeduld. „Mein Vater und ich sahen euch, als ihr eure Opfergaben dem Priester überreichtet. Dann verloren wir euch aus den Augen." Sie stockte, dann setzte sie vorsichtig hinzu: „Lasst euch zu meinem Vater führen. Er ist alt und kann kaum noch gehen. Er wartet dort an den Säulen auf euch. Es sind nur wenige Schritte."

Joseph schaute sie voller Unruhe an. „Warum will dein Vater uns sprechen?", fragte er.

„Er möchte es euch selbst sagen", erwiderte die Frau, „ich bitte euch, kommt mit mir. Wir kommen täglich in den Tempel, um zu beten, und weil wir …" Sie unterbrach sich und wieder war ein Lächeln in ihrer Miene. „Dank sei dem Herrn, der seine Verheißungen erfüllt!"

Joseph wechselte einen raschen Blick mit Mirjam. In ihren Augen lag ein unbeschreiblicher Ausdruck, als sie ihm stumm zunickte. „Führ uns zu ihm!", sagte er. „Wohnt ihr in der heiligen Stadt?", setzte er fragend hinzu.

Aus ihren Augen wich das Lächeln. „In der Oberstadt haben wir ein kleines Haus. Verzeiht mir, dass ich vergaß, euch zu sagen, wer mit euch sprechen will. Mein Vater heißt Simeon – Simeon Ben Daniel. Ich bin Debora, seine Tochter."

Der Anblick des gebrechlichen Greises rührte Mirjam. Auch Joseph schien betroffen. Die Rechte gegen sein Herz gepresst, richtete Simeon sich mühsam auf. Es schien, als sei er über dem Warten eingeschlafen. An einer Säule

Halt suchend, schaute er auf das Paar, das vor ihm stand, mit demselben Ausdruck, den Joseph und Mirjam schon bei seiner Tochter wahrgenommen hatten. War er dem Tode auch näher als dem Leben, so waren seine brunnentiefen Augen doch klar. Weisheit und Güte sprachen aus ihnen. Nur das Zittern seiner Hände verriet, dass er nahe daran war, die Fassung zu verlieren.

„Ich wünsche euch Frieden", begann er. „Größer als der Himmel ist die Huld des Ewigen, der mich diese Stunde erleben lässt. Darf ich eure Namen erfahren?"

Joseph verneigte sich ehrerbietig vor dem alten Mann. „Seinen Frieden wünschen wir auch dir! Ich bin Joseph, der Sohn des Jakob. Das ist Mirjam, meine Frau. Beim ersten Tageslicht sind wir von Betlehem aufgebrochen, um unseren Erstgeborenen dem Herrn zu weihen." In Simeons Augen blitzte es auf. „Du sagst, ihr kommt aus Betlehem?"

Ein tiefer Atemzug hob seine Brust, als der Gefragte bejahend den Kopf neigte. „Ich danke dir, Herr!", murmelte er. „Du hast mir verheißen, uns der Faust des Bedrückers zu entreißen und uns nicht länger das Brot der Tränen zu geben. Was du versprochen hast, hat sich erfüllt …!"

Joseph erschauderte bei diesen Worten. Mirjam machte einen kleinen Schritt auf den Greis zu und streckte ihm den Säugling entgegen. „Wir bitten dich um deinen Segen für unseren Sohn!", sagte sie feierlich, als stünde sie vor dem Hohenpriester. Lange schaute der Greis auf das Kind, dann richtete er seinen Blick über Mirjams Schultern hinweg auf die Giebel des Tempels, die im Schein der Mittagssonne erstrahlten. „Ja, Herr, erfüllt ist, was du deinem Diener versprochen hast!"

Ein Lächeln flog über sein Gesicht, als seine Tochter sich an ihn drückte und mit einer Trostgebärde ihre Rechte um seine Schultern legte. Mit den Händen Jeshuas Stirn berührend, flüsterte er: „Nun lässt du, Herr, deinen Knecht, wie du gesagt hast, in Frieden scheiden. Denn meine Augen haben das Heil gesehen, das du vor allen Völkern bereitet hast. Ein Licht, das die Heiden erleuchtet, und Herrlichkeit für dein Volk Israel."

Simeon verstummte. Das Sprechen schien ihm schwerzufallen. Erst nach geraumer Weile riss er seinen Blick von Jeshua los. Und unversehens erlosch das Lächeln in seinen Augen. „Ja, Neues wird er ankündigen! Fürsten werden sich niederwerfen. Mächtige Völker werden ihn ehren ... und dich, Mirjam ..."

Seine Miene wurde ernst. Eindringlich blickte er Mirjam an und fuhr fort: „Entscheidungen wird dein Sohn fordern. Viel Ablehnung wird er erfahren. Denn blind sind die Wächter des Volkes. Und über dich wird Leid kommen und wie eine Lanze durch deine Seele dringen ... an einem wüsten Ort ..."

Mirjam, die Lippen kalkweiß, sah ihn blicklos an. Und wieder hörte sie die zitternde Stimme Simeons: „Doch dein Schmerz, Tochter Israels, wird zerbrechen wie der Krug eines Töpfers. Denn der Herr, der da ist von Ewigkeit, ist die Zuflucht aller, die trostlos weinen ..."

7. Du machst groß ihren Jubel (Jes 9,2)

„Vielleicht ist es sein Wille, dass wir uns mühen?" – Wie lange lag jener Abend zurück, an dem Malkyor sich und seinen Freunden am Lagerfeuer Mut zugesprochen hatte? Acht Monate? Zehn? Gaspar hätte darauf keine Antwort geben können. Es war auch nicht wichtig. Wichtig waren nur noch das Ziel und die Frage, wann der Weg ein Ende hätte. Wenn die Stunden im Sattel unerträglich wurden, trösteten sie einander: Was ihnen abverlangt wurde, hatte ja einen Sinn.

Es war Herbstzeit – zum zweiten Mal seit ihrem Aufbruch aus Komarei. Sie ritten jetzt durch eine weite, sehr fruchtbare Ebene. Der Weg führte an Gersten- und Weizenfeldern vorbei, auf denen Sklaven mit geschorenen Köpfen arbeiteten. Aufseher, Peitschen in den Händen, bewachten sie. Baltasha drängte ungeduldig zu rascherem Ritt, als sie den Tigris erreicht hatten. Eine große Anspannung schien von ihm abzufallen; Gaspar bemerkte es mit Erleichterung. In den vergangenen Wochen hatte der Rishi ihm und Malkyor Sorgen bereitet. Er sah krank und erschöpft aus und beteiligte sich kaum an den Gesprächen, wenn sie sich und den Kamelen eine kurze Rast gönnten. Nun war er der erste, der frühmorgens beim Abbau der Zelte den Dienern zur Hand ging.

Einige Tage später standen sie vor den Ruinen von Babylon. Hinter einem bronzenen Doppeltor, das eine verfallene Mauer teilte, ließen sie die Diener bei den Tieren zurück und folgten für eine Weile dem Schutzdamm des Euphrat. Zerborstene Ziegelsteine bedeckten den Boden zu ihren Füßen oder lagen unter Schutt und hohem

Farn. Ihre einst kunstvoll glasierten Farben waren längst verblasst. Diesseits und jenseits des Flusses erhoben sich mächtige Terrassen, Reste von Palästen, Wohn- und Lagerhäusern. Bei genauerem Hinschauen erkannte man eine planvolle Anordnung breiter Straßen, die sich im rechten Winkel kreuzten.

Das sollte die glanzvolle Stadt sein, die in der Sprache Baltashas Baveru genannt wurde, über Jahrhunderte hin Inbegriff von Macht und Reichtum? Gefürchtet von ihren Feinden? Gaspar schaute enttäuscht zu den Türmen hinauf. Alles war Staub, Schutt, Vergänglichkeit!

Baltashas Stimme unterbrach seine Gedanken: „Erinnerst du dich an unsere Gespräche im Palast deines Vaters? Gaspar nickte. „Ich denke an nichts anderes, seit wir diese Stadt betraten", erwiderte er, „es sieht so ... so trostlos aus! Wie kann man da begreifen, dass dieser wüste Ort ein Mittelpunkt von Kunst und Wissenschaft war? Was meinst du, Baltasha? Leben hier noch Menschen?"

Der Rishi besann sich einen Augenblick, dann hob er die Rechte und deutete nach Westen. „Dieser Stufenturm da scheint der größte gewesen zu sein. Wirkt er nicht immer noch gewaltig? Wie lange mag man an ihm gebaut haben! Ich denke, dass er es war, in dem die Bewohner von Baveru ihren höchsten Gott Marduk verehrten. So leben vielleicht noch Priester hier, die den Opferdienst aufrechterhalten, und einige gelehrte Männer mit ihren Familien. Warum sollten sie ihre Heimat verlassen haben? Hier können sie ihr Wissen an ihre Kinder weitergeben. Es sei denn, man hätte sie vertrieben."

Malkyor hatte aufmerksam zugehört. „Ganz verlassen scheint die Stadt nicht", bemerkte er. „Schaut, da drüben weiden Ziegen und Esel. Warum fragen wir nicht den Besitzer des Khans? Er kann uns sagen, ob es hier noch Sternkundige gibt. Es ist ohnehin zu spät, heute weiterzureiten. Die Tiere brauchen Ruhe. Morgen früh können wir beratschlagen, was zu tun ist."

In der Herberge fanden die Männer nur einen Torhüter, der ihnen wortkarg einen Platz für sie und die Tiere zuwies. Zu Gaspars Überraschung drängte Baltasha am nächsten Morgen sogleich zum Aufbruch. Lag ihm nichts an einem Gespräch, das seine Berechnungen bestätigen könnte? So nachdrücklich hatte er im Palast von Nallur und viele Male unterwegs von den Männern in den Sternwarten von Baveru gesprochen, von ihrer uralten Kenntnis der Planetenbewegungen und den Tontafeln, auf denen sie die Ergebnisse ihrer Berechnungen festhielten. Warum diese Eile?

Als sie die Stadt hinter sich gelassen hatten, lenkte Gaspar sein Reittier an Baltashas Seite. „Was könnten wir schon erfahren", erwiderte der Rishi mit einem flüchtigen Lächeln auf Gaspars Frage, „was wir nicht ohnehin wissen?" Nach einem Augenblick des Schweigens setzte er hinzu: „Gaspar, das Kind liegt schon in den Armen seiner Mutter!" Seine Stimme schwankte. „Darum sollten wir eilen. Sechs Wochen werden wir noch unterwegs sein, vielleicht länger, wenn wir uns nochmals einer Karawane anschließen müssen. Möglich, dass Straßenräuber den Karawanenweg unsicher machen. Wir müssen damit rechnen."

Ein Ausdruck tiefster Freude trat auf sein Gesicht, als Gaspar sich zu Malkyor umwandte und rief: „Malkyor! Hast du das gehört? Das Kind ist geboren! Der Ewige sei gelobt!"

Vor ihren Zelten stehend, schauten die Männer in den Nachthimmel. Niemand brach das Schweigen, während Stunde um Stunde verstrich. Was galt denn Zeit bei einem solchen Schauspiel! Tief am östlichen Horizont erglühte der Planet Brhaspati, dicht an seiner Seite – wie ein Kind, das sich an seinen älteren Bruder schmiegt – sein Begleiter Sani. Sogleich nach Sonnenuntergang waren sie gemeinsam emporgestiegen: zwei große Lichter unter den unzählbar vielen Sternen am Firmament.

Endlich erwachte Baltasha aus seiner Reglosigkeit. Ein triumphierendes Lächeln lag auf seinem Gesicht. „Ich hatte recht", flüsterte er. „Die Berechnungen haben wieder nicht getäuscht. Auf den Tag genau, alles ist richtig! Schaut, wie sie über den Himmel wandern!" Seine Stimme zitterte, als müsste sie ein Schluchzen unterdrücken. „Ich habe mich also nicht geirrt", wiederholte er, „als ich heute morgen sagte, das Kind sei geboren. Freude wird herrschen im Palast seiner Eltern. Sei willkommen, Fürst der Gerechtigkeit!"

Stromaufwärts, am Ufer des Euphrats, stießen sie nach einigen Tagesritten auf eine Karawanenstraße. Nur wenn es sich nicht vermeiden ließ, schliefen sie in den am Weg liegenden Herbergen. Gewöhnlich schlugen die Diener in der Abenddämmerung auf freiem Feld die Zelte auf, versorgten die Tiere und bereiteten das Essen an einem Feuer. In ihre Mäntel gehüllt, eine Schale mit Ziegenmilch in den Händen, hingen sie ihren Gedanken nach. Um sie war die Stille der Nacht. Über ihren Köpfen, deutlich auszumachen in der Flut der Sterne, zogen Brhaspati und Sani bedächtig ihre Bahn: Königsstern der eine,

Repräsentant des Reiches, zu dem sie auf dem Weg waren, der andere.

In dieser Zuversicht ritten die neun Männer Woche um Woche von der Morgendämmerung bis zum Sonnenuntergang. Das Ziel war nicht mehr fern, hatte Baltasha gesagt. Seinen Worten konnte man vertrauen. Hatte er nicht – von Malkyor bestätigt – auf Tag und Stunde genau die zweite Begegnung der Wandelsterne angekündigt?

An der Karawanenstraße waren in regelmäßigen Abständen Brunnen angelegt. Bärtige Männer mit sonnenverbrannten Gesichtern hielten dort Wache und achteten darauf, dass kein Tropfen verschwendet wurde. Schon der bloße Gedanke an gefüllte Wasserschläuche machte die Hitze der Wüste erträglicher. Selten stießen sie auf menschliche Siedlungen.

In der Oasenstadt Tadmor riet man ihnen eindringlich, ihren Weg nicht allein fortzusetzen. Schlaflos und vor Kälte zitternd, bedachte Baltasha die Folgen. Wenn sie auf den Rat hörten, würden sie gewiss viele Tage länger unterwegs sein. Als er am Morgen die schwer bewaffneten Kaufleute sah, die sich vor dem Tor der Herberge zur Abreise rüsteten, begriff er, dass sie recht daran taten, vorsichtig zu sein. Räuber und Diebe waren weniger zu fürchten, erklärten die Männer unterwegs, eher Aufständische aus dem Hinterhalt.

Um die Mittagsstunde des vierten Tages erblickten sie in der Ferne ein Dorf. Als sie nahe herangekommen waren, sahen sie, dass fast alle Häuser niedergebrannt waren. Widerwärtig war der beißende Geruch von Asche und verkohltem Holz. Gaspar drängte sein Reittier näher an Malkyor und Baltasha heran. In stummem Entsetzen starrten sie zu den noch rauchenden Ruinen hinüber. Was bewegte sich da lauernd und gierig? Keine fünfzig, sechzig Schritte von ihnen entfernt? Schakale! Sollten da etwa … Trotz der warnenden Zurufe der Karawanentreiber trieb Baltasha, gefolgt von Gaspar, einigen Dienern und Malkyor, sein Kamel an. Zwischen den Häusern lagen Tote: Kinder, Frauen, Männer – und Lanzen, ein zerbrochenes Schwert, ein Helm, da noch einer. Die bösen Ahnungen hatten nicht getrogen. Hier hatte es einen blutigen, ungleichen Kampf zwischen Dorfbewohnern und Soldaten gegeben.

Dem Karawanenführer lag ein scharfes Wort der Rüge auf den Lippen. Doch als er in die bleichen Gesichter der Fremden blickte, die seit vier Tagen seine Schutzbefohlenen waren, wandte er sich wortlos ab. Leichtsinnige Narren, dachte er zornig. Haben sie keinen Verstand im Leibe? Was gehen sie die Toten da an? Ich hätte wahrhaftig besser daran getan, sie abzuweisen, als sie mich baten …

Gewalt, Brandschatzung, Tod! Niedergeschlagen blieben Gaspar, Baltasha und Malkyor für den Rest des Tages hinter der Karawane zurück. Was war das für eine Welt, in der es einem verwehrt wurde, Mitleid zu haben?! Hätte man nicht wenigstens die Leichen begraben können? Mit Schaudern gedachten sie des schrecklichen Loses der Toten zwischen den eingeäscherten Häusern. Tage vergingen, bis es ihnen gelang, der herrlichen Vielfalt der Natur wieder mehr Aufmerksamkeit zu schenken. Wenn gerastet wurde, wiesen die Karawanentreiber wieder und wieder darauf hin, dass man noch immer auf Bewaffnete treffen könnte. „Haltet die Augen offen!", warnten sie.

„Wir sind im Grenzland. Das ist eine wilde, gefährliche Gegend. Seid also auf der Hut!"

Damascus hinter sich lassend, zogen sie die große Handelsstraße hinab. Unzählige Karawanen bewegten sich im Dunst der Herbsttage vor und hinter ihnen, Hunderte mochten es sein, die ihnen während der nächsten Tage entgegenkamen: barfüßige Bauern, die ihre schwarzen Ziegen auf den Märkten von Damascus verkaufen wollten; Händler mit Kamelen und Eseln, die schwankende Lasten von Stoffen und Teppichen auf ihren Rücken schleppten. Kalt war es morgens; und wenn der Abend hereinbrach, versank die Sonne flammend rot hinter dem gezackten schneebedeckten Bergrücken am westlichen Horizont. Ein lebhaftes, ein friedliches Bild. Als gäbe es keine Menschen, die durch Menschenhand umkommen. Als gäbe es keine Menschen, die Wehrlose umschleichen wie ein Löwe seine Beute.

Wie Spinnweben unter der flüchtigen Berührung einer Kinderhand verwehten die trüben Gedanken, als sie eines Tages um die Mittagszeit an das Ufer des Sees Kinneret gelangten. Am späten Morgen hatten sie hinter den letzten Häusern von Chorazin die gepflasterte Straße verlassen, die westwärts zum Meer führte, und waren in südlicher Richtung weitergeritten. Nun waren sie wieder auf sich gestellt; die Karawane war schon bei Sonnenaufgang nach Caesarea aufgebrochen.

Der Anblick verschlug ihnen den Atem. Regungslos lag der See im Licht der Sonne unter ihnen, tief eingebettet in herbstbraune Hügel: ein grün und blau gesprenkelter Spiegel. Weit draußen bewegten sich Boote, in denen

Fischer ihre Schleppnetze einholten: kleine farbige Flecke, kaum auszumachen im Dunst der grauen Berge vor dem Horizont.

Stumm vor Freude saßen Baltasha, Gaspar und Malkyor wenig später im Kreis der Diener im Schatten einer kleinen Bucht. Dieses Leuchten und Flimmern, diese Mittagsstille! Möwen glitten über den See, blendend weiß gegen den tiefblauen Himmel. Hin und wieder stießen sie leise klagende Schreie aus. Tanzende Lichtreflexe lagen auf dem Wasser. Fern am Horizont schien es ganz dunkel; dicht zu ihren Füßen war es ein warmes, zartes Grün. An Grund des Sees sah man winzig kleine Steinchen, bewegt vom Plätschern der Wellen, die lautlos gegen den Uferrand stießen.

Über ihrem Schauen und Träumen vergingen die Stunden. Ein leichter Wind war aufgekommen; er trieb weiße Schaumkronen über das Wasser und verlor sich flüsternd im Schilf. Ach, es tat gut, hier zu sitzen, die Arme auf die hochgezogenen Knie gestützt, die Wärme der Sonne auf der Haut zu spüren und sich der einschläfernden Stille zu überlassen. Könnte man doch die Zeit anhalten, ganz selbstvergessen nur den Störchen und Reihern zuschauen, die über dem See ihre Kreise zogen oder nach Beute tauchten! Mit den Fischern hinausfahren ...

Als die Nacht hereingebrochen und der Mond über den Bergen aufgegangen war, legten sich die Männer im Heu eines verlassenen Schafstalles zur Ruhe. Am nächsten Morgen warfen sie zum letzten Mal einen Blick auf den See, bevor sie ihre Tiere bestiegen. Wie ein schönes Traumbild hielten sie in ihren Gedanken fest, was ihnen so unerwartet geschenkt worden war: die kleine, einsame

Bucht im Schatten von Lorbeerbäumen, Steineichen und Zypressen; das Flattern der Schmetterlinge am Uferrand; das Farbenspiel auf dem Wasser; am Abend der Widerschein des flackernden Feuers, in dessen Glut die Diener Fische gebraten hatten. Wasser und roten, schweren Wein hatten sie dazu getrunken. Zwei Tage noch bis Jeruschalajim! Höchstens drei! So hatten die Karawanentreiber gestern gesagt. Vorwärts also! Nicht mehr zurückschauen!

Mit angespannter Aufmerksamkeit nahmen sie die Ortschaften wahr, die am Weg oder an den Berghängen lagen, weiß schimmernd im Licht der Sonne. Baltasha war begierig, ihre Namen in Erfahrung zu bringen; und stolz wie ein Kind, das soeben gelernt hat, seiner Mutter ein schwieriges Wort nachzusprechen, wiederholte er, was ihm hier ein Schafhirt, dort ein Junge, seinen Esel am Zügel führend, auf seine Fragen geantwortet hatte: Magdala. Nazaret. Engannin. Waren nicht alle diese Städte, Bergnester und Bauerndörfer Teil des Reiches, das vor wenigen Monaten seinen neugeborenen König jubelnd begrüßt hatte? Dem sie morgen oder übermorgen huldigen würden? Weiter!

Sebaste. Sichar. Ephraim. Ein letztes Mal die Zelte aufschlagen, ehe die Dämmerung hereinbricht. Ein Feuer entfachen. Essen. Trinken. Schlafen. Einen Tag noch!

Nicht das kleinste Anzeichen von Furcht oder Todesangst lag in den blutverklebten Augen des Mannes, als er die Hand hob, die den Becher hielt. Rasend vor Wut, holte der König zu einem erneuten Fausthieb aus, doch mitten in der Bewegung hielt er inne. Sein grausamer Blick glitt über das zerfetzte Panzerhemd des vor ihm Stehenden und betrachtete die Peitschenstriemen, die eine blutige Spur über Brust und Schultern gezogen hatten. „Stirb, Verräter! Trink!"

Der Mann erwiderte gelassen den Blick, dann setzte er den Giftbecher an die Lippen und leerte ihn in einem Zug. So unerwartet war die gedankenschnelle Bewegung, mit der er Herodes das Gefäß ins Gesicht schleuderte, bevor er zusammenbrach, dass die im Saal versammelten Höflinge starr vor Schrecken standen.

Herodes stieß einen heiseren Wutschrei aus. Einen Augenblick lang schien es, als wollte er dem zu seinen Füßen liegenden Toten einen Tritt versetzen. „Wache!" Seine Stimme überschlug sich. „Schafft ihn weg!" Schwer atmend wartete er, die zitternden Hände in den Falten seines Gewandes aus Samt und Purpur verborgen. Erst als zwei Männer der Leibwache den Leichnam aus dem Raum geschleift hatten, regte er sich. Dass er machtlos gegenüber dem Zittern seiner Hände war, steigerte seinen Grimm noch. „Der Arzt soll kommen!", schrie er. „Oh, diese Schmerzen!"

Eilfertig stürzten einige Diener herbei, um ihn zu seinem Ruhelager zu führen. Er stieß sie weg. „Bin ich denn ein alter Mann?", brauste er auf. „Packt euch fort! Hinaus mit euch!" Ein würgender Hustenanfall unterbrach sein Schreien, er ließ sich auf dem Bett nieder. Kraftlos wimmerte er minutenlang unter den Wellen der krampfartigen Schmerzen, die ihn schüttelten.

Herodes war groß und von kräftiger Gestalt. Von Kindesbeinen an hatte er in Petra, der Hauptstadt von Nabatäa, am Hof des Königs gemeinsam mit seinen Geschwistern das Reiten und Jagen gelernt und sich in Wüstenzelten ebenso zuhause gefühlt wie in königlichen Palästen.

Jetzt, mit sechsundsechzig Jahren, war er ein schwerkranker, gebrochener Mann. Sein körperlicher Verfall, gesteigert durch übermäßigen Alkoholgenuss, nahm seit Jahren rapide zu. Ein fauliger Geruch entströmte seinem Leib; weder die verschwenderisch auf den Tischen verstreuten Rosenblüten noch der würzige Duft der in Silberschalen brennenden Weihrauchkörner vermochten ihn zu überdecken. Er hing sogar in den prunkvollen Stoffen der Sessel und in den Fenstervorhängen der königlichen Gemächer. Waren die Hustenanfälle besonders heftig, fand die Dienerschaft oft blutigen Schleim in den Tüchern, die Herodes in solchen Augenblicken an seine Lippen drückte.

Als die Schmerzen ein wenig nachließen, sah Herodes den Leibarzt – er stammte aus der Dekapolis und hieß Gades – an seinem Lager stehen. Einen Augenblick starrte er mit leerem Blick in die Augen der über ihn gebeugten Gestalt, als müsste er sich besinnen, wo er war. Noch immer kam sein Atem schwer über die aufgesprungenen Lippen. Dann schoss Zorn in seine Augen. Dass dieser Grieche ohne jeden Anschein von Furcht oder Unterwürfigkeit seinem Blick standhielt, machte ihn rasend. „Wo warst du, als ich dich brauchte?", stieß er hervor.

„Ich bin sogleich gekommen, als du mich rufen ließest, mein König", entgegnete Gades.

Herodes warf ihm einen scharfen Blick zu, dann ließ er seinen Kopf wieder auf das Kissen sinken und schloss die Augen. Stöhnend presste er beide Hände auf den Magen. Das von tiefen Falten durchzogene Gesicht, umrahmt von modisch gefärbtem Haar und Bart, war grau und eingefallen. Erst nach geraumer Weile versuchte Herodes, sich aufzurichten.

Der Arzt trat rasch näher. „Erlaube, dass ich dir behilflich bin", begann er. Einen der Diener heranwinkend, setzte er hinzu: „Ein Schluck Wein würde dir jetzt gut tun."

„Ich will keinen Wein", schrie der König auf. „Und gleich wirst du mich daran erinnern, nur ja nicht die Medizin zu vergessen, und dass sie nur dann hilft, wenn ich sie regelmäßig einnehme. Seit Jahren höre ich das. Ich pfeife auf deine Ratschläge. Hat dein Kollege keine besseren? Wo ist Menachos überhaupt? In Saus und Braus leben, ja, das gefällt euch! Antworte, Grieche!"

Du selbst hast ihn doch nach Sebaste gesandt, ging es Gades durch den Sinn. Eine Antwort dieser Art würde den Jähzorn des Königs noch mehr herausfordern; das wusste er wohl. So erwiderte er: „Menachos ist im königlichen Palast von Sebaste. Vorgestern ist er abgereist." Nach einem Augenblick des Zögerns setzte er hinzu: „Er begleitet den Prinzen Antipater, wie du geboten hast."

„Da wäre ich auch lieber", knirschte Herodes, „stattdessen muss ich meine Tage im Palast von Jeruschalajim verbringen, in diesem intriganten Nest." Seine Stimme erstarb unter einem unvermittelten Schmerzanfall zu einem heiseren Flüstern. „Kaum dreht man ihnen den Rücken zu ... Ich weiß Bescheid ... Heute erst hat es sich wieder erwiesen. Dieser Hund von Leibwächter! Wagt es, seinen König zu verraten. Mich führt niemand an der Nase herum ..."

Jeruschalajim. – Auf einer Anhöhe stehend, geben sich die Männer schweigend dem ersten Anblick hin. Die herbstlich weiße Sonne, halb verdeckt von Wolken, sinkt gegen Westen. Hinter der zyklopischen Masse der von wuchtigen Türmen überragten Grundmauern sind selbst die hochgelegenen Stadtviertel, aus dieser Entfernung gesehen, nur ein gewaltiger steinerner Leib, gesprenkelt mit rostroten und ockergelben Farbflecken. Darüber erhebt sich etwas, das einem mit Schnee bedeckten Berg ähnlich sieht.

Im Angesicht Jeruschalajims verliert Baltasha die Fassung. Seit ihrem Aufbruch von Komarei hat seine heitere Gelassenheit und Zuversicht seine Weggefährten auch in den schreckenvollsten Stunden aufgerichtet. Immer ist er ihnen Trost und Hilfe gewesen. Jetzt bricht er in Tränen aus. Seine Schultern beben. Er bemerkt es kaum, als Malkyor und Gaspar zu ihm treten und die Arme um ihn legen.

Den jäh aufbrechenden Zorn in den Augen des Königs, der in seinem Gemach auf einem Sofa saß und schweigend mit zunehmender Ungeduld seinen Söhnen zugehört hatte, bemerkte Antipas als erster. Er warf seinem Bruder einen warnenden Blick zu, doch es war zu spät, das Wort war heraus. Hitzkopf du, dachte er. Ein Hitzkopf im Sattel, ein Hitzkopf im Reden. Musst du sogleich Rom ins Spiel bringen? Kennst du seine Wutausbrüche nicht?

Sich seinem Vater zuwendend, sagte Antipas beschwichtigend: „Archelaos übertreibt. Man sollte das nicht zu ernst nehmen! Die Leute reden schnell unbedacht daher."

„Fest steht", verteidigte sich der Ältere, „dass die ganze Stadt seit einigen Stunden in Aufregung ist, seit sich das herumgesprochen hat. Du warst doch auch dabei, als die Diener uns die Meldung brachten. Und diese wissen es von der Wache am Tor."

Ein langes Schweigen folgte. Herodes schien in Gedanken versunken. Dachte er an die letzte Demütigung von Seiten des Kaisers? Schließlich fragte er: „Was genau haben die Türhüter über die Fremden und deren Frage berichtet?" Er stöhnte auf. „Mein Kopf! Fasst euch kurz! Und schreit nicht so!"

Archelaos antwortete: „Es handelt sich um drei Männer. Gelehrte. Sternkundige in Begleitung ihrer Diener. Kaum angekommen, erkundigten sie sich an den Stadttoren und in der Herberge nach einem Prinzen der Juden …"

„Nein, nein!", fiel Antipas seinem Bruder ins Wort. „Die Frage lautete so: ‚Wo ist der neugeborene König der Juden? Wir haben seinen Stern in dem Aufgang gesehen und sind gekommen, um ihm zu huldigen.'" Er zuckte die Schultern, dann setzte er hastig hinzu: „So jedenfalls wurde es den Wachen von den Leuten berichtet."

Herodes starrte mit leerem Blick auf den mit kunstvollen Mosaiken verzierten Marmorfußboden. „Prinz, Stern, ein neugeborener König", sagte er leise, als spräche er zu sich selbst. „Gelehrte Männer mit ihrem Gefolge, sagst du? Woher kommen sie? Wer hat sie hergeschickt?" Seine Stimme wurde schrill. „König der Juden bin ich! Und die Frage der Thronfolge werde ich klären, wenn es an der Zeit ist. Habt ihr das verstanden? Verschont mich also mit diesem Unsinn!"

„Die Leute haben es nun einmal gehört und werden es herumerzählen", beharrte Archelaos. „Es wird nicht lange dauern, bis die ganze Stadt davon spricht, dass es einen König geben soll neben dir. Wenn das römische Ohren zu hören bekommen …"

„Sprich nicht schon wieder von Rom!", brauste Herodes

auf. „Und wenn es so geschähe? Ich werde besser mit diesem halsstarrigen Volk fertig, als es den Römern je gelingen könnte. Wer sorgt denn für Ruhe und Frieden seit Jahrzehnten? Augustus zu Ehren habe ich in Sebaste einen Tempel bauen lassen. Die Pharisäer, die den Treueeid auf den Caesar verweigerten und das Volk gegen ihn aufhetzten, ließ ich hinrichten." Und dennoch, hätte er beinahe hinzugefügt, hat er es nie für nötig befunden, Jeruschalajim zu betreten! Doch der von jäher Wut eingegebene Gedanke kam nicht über die Lippen.

Archelaos ließ ein boshaftes Lachen hören. Von den Söhnen des Königs war er seiner Wesensart nach Herodes am ähnlichsten. Hatte er auch noch nicht den raubtierhaften Drang seines Vaters zum Töten in sich, so war er doch verschlagen und bösartig; die Menschen im Land hassten und fürchteten ihn. „Das Volk!", knurrte er gereizt. „Du kennst doch den Pöbel. Erwarte keinen Dank von ihm! Denk nur an den Zensus des Kaisers! Wem lastet man ihn an? Dir, dem König. Wankelmütig und widerspenstig ist es. Es redet sich die Ohren heiß von einem Befreier, einem messianischen Wunderkönig, von der Umwälzung aller Ordnung – und von Himmelszeichen, die das alles ankündigen. Befreiung: Von wem sonst als von der römischen Besatzung? Darum, und nicht, um dich zu erzürnen, Vater, spreche ich von Rom. Aus der Unruhe könnte ein Aufruhr werden!"

„Aufruhr!", höhnte Herodes. „Solange ich lebe, werde ich keine Rebellion dulden. Ein Wink von meiner Hand ..." Er erhob sich, wilde Entschlossenheit zeigte sich in seiner Miene. „Ich werde diesem Gerede die Zähne herausreißen!" Seine Stimme war heiser vor Wut. „Wo befinden sich die Fremden jetzt?" – „In der Herberge an der Straße nach Samaria", antwortete Antipas.

„Gut! Schick drei oder vier Männer von der Wache dorthin. Ohne Aufsehen! Niemand darf die Herberge verlassen, niemand darf hinein. Und du", seine Hand wies auf Archelaos, „beorderst die Hohenpriester und Schriftgelehrten vom Sanhedrin in den Palast. Sie verstehen sich doch auf jüdische Weissagungen und ihre rabbinische Theologie. An jedem Buchstaben und seiner Auslegung rätseln sie herum. In zwei Stunden erwarte ich sie im Agrippasaal."

„Es ist schon später Abend!", warf Archelaos ein.

„Tu, was ich dir befehle!", schrie der König. „Du persönlich kümmerst dich darum. Es ist mir gleichgültig, wie spät es ist. Lass sie aus ihren Betten holen, wenn sie schon schlafen. Wehe dir, wenn Unbefugte davon erfahren. Und ihr beide werdet mich begleiten und genau zuhören. Ich will euch als Zeugen dabei haben. Aber kein Wort von allem zu meiner Schwester! Ich kann kein Weibergeschwätz gebrauchen. Mit diesen Sternkundigen werde ich morgen reden."

Gemessenen Schrittes näherten sich Baltasha, Gaspar und Malkyor dem Baldachin, unter dem Herodes, König über Judäa, Galiläa, Samaria, Idumäa und Peräa, sie erwartete. Seine Hände bewegten sich unruhig auf den Armlehnen seines Thrones, während er versuchte, sich einen ersten Eindruck von diesen merkwürdigen Fremden zu verschaffen. Ihre bärtigen Gesichter unter dem tiefschwarzen, aufgebundenen Haupthaar verrieten seinen abschätzenden Blicken Erschöpfung und Übermüdung. Gekleidet waren sie in knöchellange fremdartig aussehende Gewänder von wollweißer Farbe; an den Füßen trugen sie Sandalen. Der jüngste von ihnen mochte kaum dreißig Jahre alt sein. Seine Gefährten, ebenso klein und schmächtig von Gestalt, schienen dagegen weit über die Mitte ihrer Lebensjahre hinaus zu sein. Ihre Haare, das sah Herodes jetzt, waren an den Schläfen ergraut.

Als sie sich bis auf etwa zehn Schritte dem Thronsessel genähert hatten, blieben sie ehrerbietig stehen, legten ihre Hände in Brusthöhe aneinander und verneigten sich tief vor dem Monarchen und den beiden Männern zu seiner Rechten und Linken.

Der König gab ihnen mit einer Handbewegung zu verstehen, einige Schritte näher zu treten. „Seid willkommen in meinem Reich! Sprecht ihr meine Sprache?", fragte er, sich des Griechischen bedienend.

„Wir entbieten dir unseren Gruß, König Herodes", ergriff Baltasha das Wort. „Der Segen des Ewigen sei über dir und deinem Haus, über deiner Macht und deinem Ruhm. Erlaube uns, in deiner Gegenwart das gnädige Handeln zu preisen, das der All-Ewige vor den Augen der Völker bekannt gemacht hat. Seine Verheißung hat sich erfüllt."

Bei den letzten Worten Baltashas blitzte ein Schatten von Argwohn in Herodes' Augen auf. „Verheißung, sagst du? Berichtet mir und meinen Söhnen, den Prinzen Archelaos und Antipas, genauer von euch und eurer Frage, die mir gestern zu Ohren gekommen ist!"

Der Rishi verneigte sich. „Wir danken dir, König Herodes, dass du uns erlaubst, vor dich zu treten. Mein Name ist Baltasha. Seit meiner Kindheit versuche ich, die Gesetze des Himmels und der Planeten zu ergründen. Diese Wissenschaft ist geachtet und gerühmt in meinem Land Bharata, nicht weniger als in Chaldäa. Auch mein Freund Malkyor", er wies auf seinen Gefährten, „ist Gelehrter wie ich, ein Großer in der Wissenschaft der Astronomie. Und dies ist unser Freund", er wandte sich dem Radscha zu, „Gaspar Peria Perumal, Herrscher von Yalpanam. Gemeinsam sind wir aufgebrochen, als wir keine Zweifel mehr hegten an der einzigartigen Bedeutung des Ereignisses im Sternbild der Fische."

„Was verheißt denn dieses Ereignis?", verlangte Herodes zu wissen, der bei Baltashas Worten einen verstohlenen Blick mit seinen Söhnen gewechselt hatte. Äußerlich gelassen, doch mit steigender Anspannung lauschte er den Erklärungen des Fremden, der seine Worte bedachtsam wählte und nur wenige Male überlegend innehielt. Der Herrscher der Endzeit, Bringer von Frieden und Gerechtigkeit – davon sprachen die Priester gestern Abend auch. Die Wanderprediger landauf landab plappern von dem „Gesalbten des Herrn", von Frieden. Herodes' Augen verengten sich. Du Narr!, dachte er bei sich. Ein unaufhörlicher Kampf ist das Leben! Davon weißt du nichts, Gelehrter. Abendaufgang vor neunundfünfzig Tagen ... Drückt sich recht gewählt aus ... Sein Griechisch ist nicht viel schlechter als das meine ... Ein Zeichen des Ewigen ... Hatte nicht jeder Große der Welt seinen Stern? Julius Caesar ... Alexander, der Makedonier ... Gesänge von Hofdichtern, nichts weiter ... Und ich meinte, diese Männer da gefügig machen zu müssen, indem ich sie warten ließ bis zu dieser Stunde, ihren Dienern entzogen, auf die meine Wachen im Saal nebenan ein Auge haben ... Ein wenig Wissenschaft, ein wenig Glaube … Ihr Held ist also ein Neugeborenes … Verträumter Greis du mit deinen Kinderaugen …

Herodes biss sich auf die fieberheißen Lippen, als der Rishi schloss: „… ihm zu huldigen, sind wir viele Monate unterwegs gewesen, König Herodes, weil diese Verheißung eine Botschaft ist. Doch niemand konnte uns eine Antwort geben auf unsere Frage, wo wir den neugeborenen König finden."

Du glaubst uns nicht, du nicht und nicht deine Söhne, ging es Baltasha durch den Kopf, während er die zusammengesunkene Gestalt des Herrschers und die goldenen Spangen an dem königlichen Gewand betrachtete. Warum sehe ich kein Lächeln auf deinem Gesicht unter dem Diadem? Deine Hände zittern ja. Wovor fürchtest du dich, König Herodes? Warum diese Bestürzung und Angst in den Augen der Menschen am Stadttor bei unserer Frage? Wissen sie die Antwort nicht? Gib du uns Antwort, König Herodes! Oder müssen wir unverrichteter Dinge heimkehren? Sind wir etwa einem Wahn aufgesessen?

In der Dämmerung des späten Nachmittages verstärkte sich das Licht der Bronzeleuchter und Öllampen, die den Thronsaal erleuchteten. Baltasha fuhr zusammen, als Herodes' Stimme sein Grübeln unterbrach: „Ich hatte gestern Gelegenheit, in Gegenwart meiner Söhne mit gelehrten Männern aus den ersten Geschlechtern meines Reiches zu sprechen. Ich ließ sie in meinen Palast rufen, um ihnen eure Frage vorzulegen." Er räusperte sich. „Die Verheißungen, von denen du sprichst, spielen auch in den heiligen Schriften meines Volkes eine bedeutende

Rolle. Viele Schriftgelehrte und Priester halten sie für zentrale Textstellen und suchen sie mit allen Kräften des Verstandes zu ergründen. Ihre Hoffnung richtet sich auf eine geheimnisvolle Gestalt, den ‚Gesalbten'. Ihn erwartet man seit Jahrhunderten. ‚Meschiah' nennt man ihn in unserer Sprache."

In Baltashas Gesicht ging eine plötzliche Veränderung vor sich. Beinahe die gleichen Worte hatte der fast erblindete Mann im Handwerkerviertel von Cochin gebraucht. Gaspar und Malkyor bemerkten ein Lächeln tiefer Erleichterung in den Augen ihres Freundes, als er ihnen hastig einige Worte zuflüsterte.

„Seit Langem wartet man auf ihn", wiederholte Herodes. „Wenn nun die Stern-Erscheinung die Bedeutung hat, die du und deine Gefährten ihr beimesst, scheint sie ein Zeichen seiner Ankunft zu sein. Die Schriften geben keinen Hinweis darauf, wohl aber auf seine Herkunft. Die Verheißung ist eindeutig. Die Lehrer der heiligen Schriften haben keinen Augenblick gezögert, sie zu zitieren, als sie von eurer Frage hörten."

Der König erhob sich aus seinem Thronsessel und trat, von seinen Söhnen gestützt, zu den Rishis und Gaspar. „Betlehem ist der Ort, den ihr sucht", sagte er. „Betlehem im Lande Juda. Dort soll er geboren werden. Geht nun und forscht sorgsam nach dem Kind. Und wenn ihr es gefunden habt, lasst es mich wissen, damit auch ich komme und es verehre. Das Dorf liegt südlich von Jeruschalajim. Ihr könnt den Weg nicht verfehlen; es sind nicht mehr als zwei Stunden Ritt."

Eine Mischung von Spott und Verachtung verzerrte sein Gesicht, als die Fremden, von Antipas geleitet, nach einer tiefen Verbeugung und Dankesworten der mit Zedernholz verkleideten Tür des Thronsaales zuschritten.

Kaum eine Stunde später waren die neun Männer auf dem Weg nach Betlehem. Baltasha, der seinen Gefährten vorausritt, trieb sein Kamel zu höchster Eile an. Er brannte darauf, Wort für Wort zu wiederholen, was er von Herodes erfahren hatte, doch jetzt war nicht die Zeit dazu. Wenn erst die Dunkelheit hereingebrochen war, würde man im Schritt reiten müssen und Gelegenheit zum Reden haben. Im Hof der Herberge hatte er ihnen schon in aller Hast das Nötigste mitgeteilt, während sie sich und die Tiere reisefertig machten. Von seiner unbestimmten Angst, der König könnte ihnen Reiter nachschicken, hatte er nichts erzählt.

Die Straße, schmal und steinig, wand sich in einem weiten Bogen südwärts. Im Labyrinth der Gassen der Hauptstadt war lärmendes Gedränge um sie gewesen, als sie nach der Audienz zum Khan zurückeilten; hier, unter den verblassenden Farben des Abendlichtes, das auf dem baumlosen Land und den Steinmauern rechts und links des Weges lag, herrschte friedvolle Ruhe. Leise sprachen sie miteinander und tauschten ihre Gedanken über die letzten Stunden aus. Baltasha, noch immer verstört, sprach hastig. „Wie er an seinen Worten würgte", murmelte er. „Als hätte er sich eines verhassten Auftrages zu entledigen. Widerwille versteckte sich hinter seiner starren Höflichkeit."

Malkyor sprach aus, was auch Gaspar empfand: „König Herodes ist ein schlechter Mensch, von seiner Macht verdorben. Selbst seine Söhne ducken sich vor ihm." Nach einem kurzen Schweigen fügte er hinzu: „Dennoch war er uns eine Hilfe: Was geschehen soll, wird geschehen."

Während sie miteinander sprachen, war die Sonne hinter den Bergen versunken. Baltasha suchte angespannt das Firmament ab. Die ersten Sterne, winzige flimmernde Punkte, wurden sichtbar. „Da!", flüsterte er seinen Freunden zu, die dicht hinter ihm ritten. „Der Königsstern! Genau in Richtung des Weges! Gleich wird auch Sani zu sehen sein. – Da ist er!" Seine Rechte wies in die unablässig wachsende Flut der Sterne auf dem Mantel des Abendhimmels.

„Als zögen sie uns voran", bemerkte Vasabha, der jüngste der Diener. „Seht doch!"

„Dem Ewigen sei Dank!", stieß Baltasha hervor. „Groß ist seine Huld!"

„Dem Ewigen sei Dank!", wiederholten alle wie aus einem Munde.

Unter dem tiefdunklen Himmel setzten sie ihren Weg fort. Die diffusen Lichtstrahlen, die von den beiden Sternen auszugehen schienen, fielen Gaspar, der keinen Blick vom Himmel ließ, als Erstem auf. Träumte er? Er rieb sich die Augen, wieder und wieder. Nein, es war kein Irrtum: Vom Horizont hinab – da, vor ihnen! – wurde dieser riesenhafte Finger allmählich breiter und heller. Waren das nicht Umrisse einer Hügelkette und Häuser, die sich terrassenförmig eines über dem anderen erhoben?

„Malkyor! Baltasha!" An den Dienern vorbei trieb Gaspar sein Kamel näher an die Gefährten heran. Hatten sie denn keine Augen im Kopf? „Haltet an!" Gaspars Ruf klang wie der Schrei eines Tieres, das seine Mutter sucht. „Seht ihr denn nicht das Licht da? Erklärt mir das!"

Baltasha und Malkyor, denen die Gabe des Deutens gegeben war wie niemandem sonst unter den Weisen ihres Landes, hatten keine Antwort. Fassungslos sahen sie auf das unbegreifliche Schauspiel. Was gab es da zu erklären? Eine Woge der Seligkeit, mächtiger als der Lichtschein, erfasste sie und riss sie mit sich fort.

Gaspar gab das Fragen auf. Dort, hinter einer Biegung der ansteigenden Karawanenstraße, zeigten sich schon die ersten Häuser den angestrengt suchenden Augen, beruhigend wie ein Leuchtturm am Ufer. Sie standen an der Schwelle ihres Zieles. Im Schritt reitend, hatten sie das Dorf mit seinen kalkweißen Häusern fast durchquert, als Gaspar einen leisen Schrei der Überraschung ausstieß. Der feuerfarbene Kegel, ein Geflecht aus Licht und Luft, schien mit merkwürdiger Beständigkeit auf eine offenbar weglose Fläche außerhalb der Ortschaft hinzuweisen. Dort aber gab es keine Häuser mehr! Oder doch? Sah der Rishi etwas, was er, Gaspar, nicht ausmachen konnte? Woher sonst nahm Baltasha diese unbeirrbare Gewissheit, dieses blinde Vertrauen, weshalb war er des Weges so sicher wie ein reißender Bergbach?

Als Gaspar vorschlug, abzusteigen und sich zu beraten, schüttelte der Rishi den Kopf. „Das Licht wird uns zum Kind und seinen Eltern führen", sagte er gelassen. „Welchen anderen Sinn sollte dieses Zeichen haben, hier und ausgerechnet an diesem Abend? Was es uns sagen will, wird sich als wahr erweisen, auch wenn wir es noch nicht begreifen. Einen sehr langen Weg sind wir geritten, Freunde. Nur einmal noch Geduld, bitte!"

Glutheiße Wüsten haben sie durchquert, reißende Flüsse durchwatet, Schneestürme, sturmgepeitschte Nächte und sengende Hitze ertragen. Viele Monate hindurch sind sie im fahlen Licht der Sterne durch menschenleere Landstriche geritten. Tag um Tag haben sie ihre Zelte an einem anderen Ort aufgeschlagen. Vorsicht ist ihnen längst zur zweiten Natur geworden auf ihren Wegen über Sümpfe und schneebedeckte Felsen. Lästig war das manchmal lange Feilschen beim Kauf von Nahrung für Mensch und Tier. Und dennoch wussten sie sich getragen von einer Zuversicht, die sie vor langer, so unendlich langer Zeit hat aufbrechen lassen, um alles auf sich zu nehmen – eines Kindes wegen.

All das liegt hinter ihnen. Gleich werden sie am Ort der Verheißung sein. Sie wenden sich von der Straße weg hinein in das Dunkel des Feldes zu ihrer Linken. Vorsichtig setzen sie Fuß vor Fuß; die Tiere ziehen sie an den Zügeln hinter sich her. Beißend kalt ist es, das Feld mit scharfkantigen Steinen übersät. Niemand beachtet es. Was ist das für ein Licht da? Der flimmernde Punkt, so winzig klein, dass sie ihn fast übersehen hätten, wird allmählich größer. Quer über das Feld zieht sich eine Dornenhecke wie ein letztes Hindernis. Aber da sie an vielen Stellen niedergetreten ist, wird sie mühelos überwunden. Und jetzt zweifelt keiner von ihnen mehr daran, dass der helle Schimmer da – vielleicht ein Hirtenfeuer oder der Lichtschein aus der halb geöffneten Tür eines Hauses – der Schnittpunkt ist, in dem sich ihr sehnlichster Wunsch mit der Wirklichkeit trifft.

Ja, da ist eine Tür, geschlossen jetzt (aber es riecht nach Rauch!) und teilweise verdeckt von hohem Buschwerk, das vor der überhängenden Felswand wächst, vor der sie nun stehen. Da drinnen wohnt jemand! Die Freude, am

Ziel zu sein, überwältigt sie. Und da sie nicht genug Platz hat in ihren Herzen, und da selbst leises Flüstern in der Stille eines Abends weithin zu hören ist, erst recht, wenn Aufgeregtheit den Klang dieser Stimmen färbt, fährt Joseph überrascht von seinem Lager auf.

Was war das gerade? Seitdem die Hirten in jener Nacht zum ersten Mal die Höhle betraten, hat er Unruhe und Furcht nicht unterdrücken können, so sehr auch Mirjam und Asarel versuchten, seine Besorgnis zu zerstreuen. So hatte er sich, lange bevor er mit Mirjam zum Tempel hinaufzog, um Jeshua dem Höchsten zu weihen, daran gemacht, die Schilfmatte durch eine solide Tür zu ersetzen. Seine geschickten Zimmermannshände schafften die Arbeit in wenigen Tagen. Es war wie ein neuer Anfang für ihn, als er die Tür in ihren Scharnieren befestigte.

Lauschend steht Joseph, das Herz schlägt laut. Sollten das die Hirten sein?, überlegt er. Nein, nicht zu dieser Stunde! So spät waren sie noch nie gekommen. Zudem waren sie ja erst vor zwei Tagen hier gewesen. Da ruft jemand! Auch Mirjam scheint etwas gehört zu haben: Joseph sieht sie, das Kind in ihren Armen, im Hintergrund der Höhle stehen. Sie nickt, als er den Finger an den Mund legt, und folgt ihm mit den Augen, als er zur Tür tritt und den Riegel zurückschiebt, nachdem er eine Öllampe ergriffen hat. Kalte Luft strömt herein. Aber nicht der schneidende Luftzug ist es, der sie hinter den Krippentrog bis zu den Binsenmatten zurückweichen lässt, die die raue Rückwand der Höhle bedecken. Sie verhüllt ihr Haupt und das Kind, das sich schlaftrunken regt, als sie fremde Stimmen in einer ihr unbekannten Sprache vernimmt. Einige Male unterbricht Joseph, seine griechischen Sprachkenntnisse zu Hilfe nehmend. Nichts Feindseliges ist im Klang dieser Stimmen. Freude hört Mirjam heraus, Staunen und übermächtige Freude.

Der gleichmäßige Schein von Öllampen ist das erste, was Baltasha, Malkyor und Gaspar wahrnehmen, als sie nacheinander über die Schwelle treten, Baltasha als erster. Und dann erblicken sie die weiß gekleidete Gestalt einer Frau. Deutlich erkennbar, wenn auch verschleiert, liegt ein Kind in der Beuge ihres linken Armes.

In einem einzigen Moment begreifen sie!

Sie streifen die Sandalen von den Füßen und beugen feierlich und gemessen zuerst das rechte, dann das linke Knie. Und dann liegen sie ausgestreckt auf dem Felsgrund, die Hände vor der Stirne aneinandergelegt.

Joseph sucht Mirjams Blick, aber sie schaut nicht in seine Richtung. Jetzt möchte er an ihrer Seite stehen, so wie in der nächtlichen Stunde (oh, wie er sich an sie erinnert!), als die Hirten vor dem Neugeborenen ihre Knie beugten. Warum geht er nicht? Es sind doch nur wenige Schritte! Er bleibt an seinem Platz, die Hand liegt noch auf dem Türriegel, als fürchte er, jede noch so kleine Bewegung könnte jetzt störender sein als das fallen eines Steines. Denn er hört die Fremden leise etwas sagen, und er muss ihre Sprache nicht verstehen, um zu begreifen, dass es Worte der Anbetung und der Huldigung sind.

So werfen sich die Priester im Tempel vor dem Allerheiligsten nieder!

So beten sie zu Jahwe, dem Ewigen!

O Adonai!

8. Ruchlosigkeit lodert auf wie ein Feuer (Jes 9,17)

Gaspar zog seine Decke enger um sich und hob lauschend den Kopf, doch er hörte nichts als seinen eigenen Atem in der nächtlichen Stille. Bitterkalt war es im Zelt, das wenige Schritte vom Eingang der Höhle entfernt aufgeschlagen worden war. Im Halbkreis davor standen die Zelte, in denen die Diener schliefen. Zwei von ihnen, Dhatsa und Saddha, kauerten auf dem steinigen Boden und warteten auf die Morgendämmerung. Baltasha hatte ihnen die Nachtwache zugewiesen.

Gaspar fand keinen Schlaf, obwohl er todmüde war. Unaufhörlich waren seine Gedanken bei dem Kind. War es wirklich erst acht, neun Stunden her, seit er mit Baltasha und Malkyor dem Kind seine Gaben zu Füßen gelegt hatte?

Ein Säugling, arm und wehrlos, der auf einer Schütte Stroh in einem Futtertrog schlief! Keine königlichen Diener umstanden sein Lager, kein Trompetenschall verkündete seine Geburt. Und doch gab es nichts auf der Welt, was ihn mehr anging: ihn, seine Gefährten und die Diener, die bei der Darbringung der Gaben mit ihren Herren in die Knie gesunken waren. Auf unsagbare Weise – wer könnte es in Worte fassen! – hatte dieses Kind Ort und Zeitpunkt ihres Zusammentreffens vorausbestimmt.

Ja, Gold und kostbare Gewürze und Harze hatten sie ihm geschenkt nach uraltem Brauch ihrer Heimat. Seine Eltern beobachteten schweigend die feierlichen Zeremonie, sie spürten die tiefe Bedeutung dieses Augenblicks. Doch was war alles Gold der Welt gegen das Geschenk, das ihnen gemacht wurde, als Mirjam sich mit Josephs

Hilfe nach ihren Namen und dem Namen ihres Landes erkundigte und Silbe für Silbe die Worte nachsprach: Baltasha. Malkyor. Gaspar. Hemara. Elawa. Bharata. Yalpanam.

Und fassungsloses Staunen lag in ihrem Blick, als sie den Fremden ihren Sohn in die Arme legte, Baltasha als Erstem. Der Rishi erbebte unter dem kaum spürbaren Druck der winzigen Hand, als er sie behutsam mit dem Mittelfinger seiner Rechten berührte. Was war alle Plage und Mühsal, die sie miteinander erlitten hatten, angesichts dieser Augen, die ihn so aufmerksam anschauten!

Du Menschenkind!, dachte er. Was sagte deine Mutter, als ich sie nach dem Tag deiner Geburt fragte? Achtzig Tage. Wer sonst als eine Mutter könnte eine solche Antwort geben: Achtzig Tage! Heranwachsen wirst du und älter werden, deine Eltern werden nicht verhindern können, dass du Schmerzen haben wirst wie jedes andere Menschenkind. Sie werden dich lehren, in dieser Welt zu leben, wie alle Eltern es tun, auch wenn sie nicht immer Antworten haben auf all deine Fragen. Eine Antwort auf alle Fragen gibt es ja nicht. Nein, das ist nicht richtig! Du, du bist die Antwort auf alle Fragen, die ich je hatte. Die Antwort auf meine Sehnsucht. Du weißt es, denn du hast mich gerufen.

Salome, Herodes Schwester, war wie so oft diejenige, die Öl in das Feuer seines maßlosen Misstrauens goss und ihre böse Freude daran hatte. Viele Wutanfälle des Königs hatten ihre Ursache in diesem „Weibergeschwätz", wie Herodes das Ränkespiel der Frauen im Palast abschätzig zu bezeichnen pflegte. Doch niemand am Hof, nicht einmal seine Brüder, hatten den Mut, den Jähzorn des Königs mit der Bemerkung herauszufordern, weshalb er sich denn in seinen Entscheidungen davon beeinflussen lasse.

Noch lange, nachdem Salome das Gemach verlassen hatte, rang Herodes auf seinem Bett keuchend nach Atem. Unerträgliche Magenschmerzen hatten ihn die ganze Nacht über wach gehalten. Dennoch hatte er jede Hilfe der Ärzte abgewiesen. Wütend stieß er eine Trinkschale vom Tisch und verlangte nach Archelaos und Antipas.

Es kostete ihn große Mühe, sich zu erheben. Endlich stand er, an einer Wand Halt suchend, auf seinen Füßen. Die Söhne sollten ihn nicht schwach sehen, nicht das Zittern seine Hände bemerken, nicht den Schweiß auf seiner Stirn. Nicht jetzt! Wie kamen sie dazu, über seinen Kopf hinweg über ihn bestimmen zu wollen? Undankbare Brut! Oder hat Salome übertrieben?

Als die Tür sich öffnete, überschüttete Herodes die eintretenden Prinzen mit Vorwürfen. Ihre erste Reaktion auf den Zornesausbruch war trotziges Schweigen, zumal ihr Vater keine Antwort zu erwarten schien. Ein quälender Husten schüttelte ihn.

Schließlich sprach Archelaos; seine Stimme klang selbstsicher wie immer: „Streiten wir, Antipas und ich, hältst du uns das vor, sogar vor den Ohren der Diener. Sind wir einer Meinung wie in diesem Fall, ist es dir auch nicht recht. Was soll Böses daran sein, dass wir uns um deine Gesundheit sorgen? Es geht um dein Leben, Vater. Darum musst du schnellstens wieder zu den Schwefelbädern von Callirrhoe. Haben sie dir nicht immer geholfen?" Und nach einem raschen Blick auf seinen Bruder fügte er hinzu: „Du kannst nicht alles in den Wind schlagen, was die Ärzte dir raten …"

„Ihr hättet mich vorher fragen müssen", unterbrach ihn Herodes. „Warum hinter meinem Rücken? Gilt meine Meinung nichts mehr? Wollt ihr mich los werden, damit ihr freie Hand habt?" Der König bebte vor Wut. „Soweit kommt es noch! Ich weiß, man wartet nur auf meinen Tod … Verschlägt es euch etwa die Sprache? Antwortet!"

Archelaos versteckte seine Hände hinter dem Rücken, als ihm bewusst wurde, dass sie zu Fäusten geballt waren. Zornig reckte er die Schultern und erwiderte aufgebracht: „Das sind böse Worte, Vater! Ungerechte Wut hat sie dir eingegeben. Willst du Antipas und mir im Ernst unterstellen, deinen Tod zu wünschen? Wirf uns vor, hinter deinem Rücken mit den Ärzten beratschlagt zu haben! Mag es so sein! Aber nicht das! Die dir fluchen, such in den Gassen von Jeruschalajim!"

„Vorlaut bist du – wie immer", fauchte Herodes. Seine Augen suchten den Blick seines Sohnes. „Mag sein, dass ihr es gut meint. Sprechen wir morgen über Callirrhoe, wenn es mir bis dahin nicht besser geht. Es gibt Wichtigeres als meine Gesundheit! Ja, ich weiß schon … Unterbrecht mich nicht! Sagt mir lieber, warum ich nichts von diesen Männern höre, die ich nach Bethlehem geschickt habe. Sie müssten doch längst wieder hier sein!" Erneut geriet er in Wut. „Habe ich ihnen nicht befohlen, sich zu beeilen? Was erlauben die sich?!"

Antipas machte eine wegwerfende Handbewegung. „Du misst dieser Angelegenheit zu viel Bedeutung zu!"

„Zu viel Bedeutung?" Herodes stampfte mit den Füßen, seine Stimme überschlug sich. „Das sagt ausgerechnet ihr? Wer hat mir denn diese Fremden in den Palast geholt? Wer hat von möglichen Unruhen und von Aufruhr gesprochen, weil sie nach einem neugeborenen König der Juden gefragt haben? Wer hat mich gedrängt, diese Sternkundigen zu empfangen? Möglichst heimlich, dass nur ja niemand ..." Beide Hände gegen seinen Magen pressend, starrte er seine Söhne an. „König der Juden – danach fragten sie doch. Habt ihr denn keinen Ehrgeiz? Macht euch das nicht unruhig, dass neben euch unversehens ein Rivale auftaucht? Habe ich Dummköpfe großgezogen? Es geht doch um eure Zukunft! Nicht ich muss dieses Kind da fürchten! Mir kann es den Thron nicht streitig ..."

König Herodes unterbrach sich mitten in seinen Worten. Ein lauernder Ausdruck verdunkelte seine Augen, als jäh aufbrechendes Misstrauen für einige Augenblicke den Gedanken an das Kind verdrängte. Diese Fremden mit ihren unverschämten Fragen! Hätte ich ihnen doch einige Reiter nachschicken sollen? In vier Stunden hätten sie zurück sein können ... Blinder Zorn explodierte in ihm. Fehler kann man korrigieren, schoss es ihm durch den Kopf.

Archelaos schien zu erraten, was in seinem Vater vorging. Vorsicht, nur keinen neuen Wutanfall provozieren! „Man müsste diese Familie ausfindig machen", schlug er vor. „Es kann doch nicht so viele Säuglinge in diesem Nest geben!"

Herodes fühlte sich ertappt. „Soll ich Angst vor einem Kind haben?", schrie er. „Und wie soll ich es suchen lassen? Und dann? Soll ich es einladen, im Palast aufzuwachsen? Welchen ziehst du vor, königliche Hoheit? Sebaste oder Jeruschalajim? Bist ja aus dem Geschlecht Davids ..." Nach Atem ringend keuchte er: „Das ganze Dorf wird mir dafür büßen. Eine Hundertschaft meiner Garde soll es umstellen und alle Familien mit kleinen Kindern zusammentreiben. Gleich morgen …"

Archelaos verstand sogleich. Er warf seinem Bruder, der verdrossen schweigend neben ihm stand, einen verächtlichen Blick zu und sagte: „Ich bin deiner Meinung. Das wird das Problem ein für alle Mal lösen. Im Schutz der Nacht ist ein kleines Nest schnell abgeriegelt."

„Im Schutz der Nacht? Was redest du da? Im Schutz der Nacht gehen Diebe stehlen! Muss ich verbergen, was ich tue? Alle, alle sollen es erfahren und zittern vor Angst und Schrecken, wenn ich dreinschlage. Reißt sie aus ihren Betten, bevor ihre Eltern auf das Feld zur Arbeit gehen! Und falls die Mütter schreien, stoßt ihnen das Schwert in die Kehle wie ihren Bälgern! Wehe, eines bleibt am Leben …"

In den letzten Stunden vor dem Morgengrauen, als das Wachfeuer auf dem Turm Phasael noch loderte und die Soldaten in dessen Schein die Pferde bestiegen, um den Mordbefehl auszuführen, lag Herodes wimmernd vor Schmerzen auf seinem königlichen Bett und biss sich die Lippen blutig. Bilder wirbelten in seiner Erinnerung auf, die er längst vergessen geglaubt hatte, obwohl erst einige Monate vergangen waren. Er sah die Tür des Gerichtssaales in Berytos vor sich und die vielen Menschen, die sich hereindrängten. Und er sah die Blicke der Prinzen Alexander und Aristobul, seiner Söhne aus der Ehe mit Mariamne, der Heißgeliebten, auf sich gerichtet, als man sie als Hochverräter zur Hinrichtung führte. Und Wut und Scham und Reue entrissen ihm einen verzweifelten Schrei.

„Schalom, Joseph, Sohn Davids!" – Nach dem Nachtgebet hatten sie sich zum Schlaf niedergelegt. Es war sehr spät geworden; sie wussten, dass es der letzte Abend war, den sie miteinander verbrachten. Bei dem gemeinsamen Mittagsmahl hatte Baltasha vom Abschiednehmen gesprochen und Joseph gefragt, wo sie in Jeruschalajim Reiseproviant für sich und die Tiere kaufen könnten.

„Steh auf! Nimm das Kind und seine Mutter und flieh mit ihnen nach Ägypten, denn Herodes wird das Kind suchen, um es zu töten."

Joseph fuhr hoch. Sein Herz, aus dem Rhythmus des Schlafes gerissen, schlug schnell und laut. Hatte er geträumt? Nein! Er kannte diese Stimme! Leise und eindringlich mahnend war sie durch das Ohr in sein Herz gedrungen. Auch Trost schwang im Klang der Stimme mit. Wie damals in Nazaret ... „Steh auf!", hatte sie gesagt. „Sei ihm Vater! Gib ihm und Mirjam deinen Schutz und deinen Namen!" Nein, das war kein bloßer Traum gewesen! Wie hatte sich Asarel verächtlich über seine Befürchtungen geäußert! Der alte Wüterich! Nun waren sie aus der Verborgenheit gerissen, und es war nur eine Frage der Zeit, wann man sie finden würde.

Joseph zwang sich vergeblich zur Ruhe, während er auf seine Füße sprang. Mirjam gewahrte Angst und Schrecken in seiner Miene, als sie von seiner Berührung an ihrer Schulter erwachte. Hastig erhob sie sich bei seinen geflüsterten Worten, von denen sie zuerst nicht mehr begriff, als dass es um Leben und Tod ging.

„Dann müssen wir sofort aufbrechen", stieß sie hervor, als Joseph mit einem Blick auf das schlafende Kind verstummte. „Wir wollen vertrauen und tun, was sein Wille ist", fuhr sie fort. „In der Schrift heißt es, dass Gott dem Menschen im Schlaf das Ohr öffnet. Denk nur daran, wie viele unserer Väter diese Erfahrung gemacht haben. Und du selbst …"

Ein lautes Pochen an der Tür unterbrach sie; gleichzeitig waren Stimmen zu hören, die sie zu ihrer großen Erleichterung gleich erkannten. Joseph schob schnell den Riegel zurück und ließ Baltasha, Malkyor und Gaspar eintreten. Mirjam schien nicht im Geringsten überrascht, als Baltasha hastig berichtete, er habe nicht schlafen können und sei, um sich abzulenken, aus dem Zelt getreten. Fast im selben Augenblick habe er eine Berührung an der Schulter gespürt und eine Stimme gehört. Er solle eilig seine Gefährten wecken; vom König drohe ihnen Gefahr. „Geht nicht zurück nach Jeruschalajim", gebot sie. „Herodes wird das Kind suchen lassen, um es zu töten. Und ihr: Flieht über das Meer zurück in euer Land! Eilt! "

Joseph bemerkte sofort, dass Mirjam ihn voller Ungeduld anschaute, als wollte sie ihn daran erinnern, dass äußerste Eile geboten war. Sie nickte erleichtert, als sie in seinen Augen las, dass er sie verstanden hatte.

Die Hast, mit der sie voneinander Abschied nehmen mussten, war schmerzlich für alle. Während die Diener draußen die Zelte abbrachen, versuchte Joseph, Baltasha zu erklären, welchen Weg sie nehmen müssten, um aus dem unmittelbaren Gefahrenbereich der ersten Stunden herauszukommen. Mühsam war es, die Gedanken zu sammeln, während ihm die ersten Überlegungen über den eigenen Fluchtweg durch den Kopf wirbelten. Es lag auf der Hand, dass sie getrennt voneinander fort mussten, solange es noch dunkel war. Der Mond, mehr als halbvoll, stand noch hoch am Himmel. Er selbst, Joseph, kannte sich hier aus, doch den Fremden musste das fahle Licht helfen. Die erste große Gefahr drohte ihnen von den Soldaten in den Festungen Herodeion und Etham, die keine fünfzig Stadien von Betlehem entfernt auf Hügeln lagen und die Karawanenstraßen kontrollierten. Nur Hirtenpfade kamen vorerst in Frage.

Was hatte der Engel Gottes – nur ein solcher konnte es ja gewesen sein! – zu Baltasha gesagt? Flieht über das Meer! Das konnte nur bedeuten, dass die Männer zu einem der Häfen am Roten Meer gelangen mussten, und das so schnell wie möglich. Von dort segelten Schiffe über das große Meer im Süden Arabiens in die Länder des Ostens. Joseph hatte davon gehört, wenn er als Zimmermann und Bauhandwerker mit Kaufleuten zu tun gehabt hatte. Waren sie erst jenseits des Jordans – bei Beth Haram gab es einen Übergang –, hatten sie über die Berge von Moab und Edom ihren Weg nach Süden zu suchen, ohne Verfolger fürchten zu müssen. Dennoch würden sie, nicht anders als er selbst, jeden Tag aufs Neue all ihren Mut zusammennehmen müssen. O Mirjam, dachte er, hätte ich nur ein wenig mehr von der Kraft deines Glaubens! Bedroht werden wir sein und gehetzt. Viele Wochen lang! O Adonai, Barmherziger, hilf uns!

Ein Diener trat zu Gaspar und flüsterte ihm zu, die Tiere seien bereit. Zum letzten Mal legte Mirjam den Männern ihr Kind in die Arme und ließ jedem einige Augenblicke der Stille, obwohl sie wusste, dass keine Zeit zu verlieren war; der Engel hatte keinen Zweifel daran gelassen.

Bei allem Schmerz über die Endgültigkeit des Abschieds huschte ein Lächeln über Baltashas Gesicht, als er sich über das Köpfchen des Kindes beugte. In eben diesem Augenblick erinnerte er sich daran, wie heftig Gaspar widersprochen hatte, als sie nach der Audienz erwogen, einige der Diener mit ihren Tieren und allen Lastkamelen in der Herberge zurückzulassen. „Nicht einen Tag waren wir getrennt", hatte er eingewandt. „Warum jetzt? Nur, damit wir etwas schneller vorankommen? Und wer will darüber entscheiden, wer hier im Khan zurückbleibt, um auf uns zu warten? Nein, nein! Gemeinsam lasst uns das Kind und seine Eltern suchen. So hat es auch der Radscha, mein Vater, mir aufgetragen!" Dem Ewigen sei Dank, dachte Baltasha, dass wir auf Gaspar gehört haben.

Joseph und Mirjam begleiteten die Rishis und Gaspar nach draußen zu den Dienern, die bei den Kamelen standen. Baltasha wollte noch etwas sagen, aber er brachte kein Wort heraus, als Mirjam ihren Gesichtsschleier löste und ihn in seine Hände legte. „Gott, unser Herr", flüsterte sie, „ist Licht und Heil. Vor wem sollten wir uns fürchten? Wir und ihr! Vergesst es nie!"

Bliebe es doch immer so dunkel! – Die ersten Stunden nach ihrem Aufbruch verlangten ihnen alles ab. Die überstürzte Hast, mit der das Notwendigste zusammengesucht wurde, ließ ihnen kaum Zeit, alles genau zu bedenken. Noch ehe der Morgen graute, hatte Joseph eingesehen, dass er alles von der jeweiligen Situation abhängig zu machen hatte; es war sinnlos, sich für viele Stunden im Voraus ein Ziel zu setzen. Die Enttäuschung würde umso größer sein, je weniger er erreichte.

Der kürzeste Weg in das Land am Nil lag im Westen, an der Küste des Meeres: seit Jahrhunderten eine belebte

Karawanenstraße, die militärisch scharf bewacht wurde. Auf ihr nach Ägypten zu gelangen, war völlig aussichtslos. Ebenso wenig würden sie nur in den Nächten unterwegs sein können, so wichtig der Schutz der Dunkelheit auch war. Sie würden wenigstens vier Wochen brauchen, wenn sie – unauffällig wie eine Familie auf ihrer Wanderung zu Freunden oder Verwandten – bei Tageslicht den Weg zur rettenden Grenze suchten. Die Möglichkeit, an Jericho vorbei über eine Furt das jenseitige Jordanufer zu erreichen, um in einem weiten Umweg über Samaria an die Meeresküste zu gelangen, hatte er nur ganz flüchtig erwogen. Konnte er denn sicher sein, dass dieser Weg gefahrloser war? Nein, ihnen blieb nur die Flucht durch die Wüste En Gedi.

Noch vor einigen Tagen hatte er, in seinen Gebetsmantel gehüllt, am Gottesdienst in der Synagoge von Betlehem teilgenommen, um den Segen des Allerhöchsten für sich und die Seinen zu erbitten. Jetzt waren sie Flüchtlinge! Wunschdenken war es zu meinen, man würde sie für ein Ehepaar halten, das mit seinem Kind auf Reisen ist. Der bloße Gedanke war absurd, denn den Weg, den er, Joseph, suchen musste, wanderte niemand, es sei denn, es ging um sein Leben.

Joseph schob die Gedanken an das, was ihnen bevorstand, beiseite. Es ging steil bergab, und in der Dunkelheit der späten Nacht war seine ganze Aufmerksamkeit gefordert. Mit dem Esel, den er am Zügel führte, hatte er große Mühe. In den ersten Stunden hatte sich Mirjam, das schlafende Kind in einem wollenen Tuch auf ihrem Rücken, von ihm tragen lassen. Auf dem steinigen Boden war es aber nicht ausgeschlossen, dass das hoch beladene

Tier ins Stolpern kam. Daher ging Mirjam seit einer Weile dicht hinter Joseph. Hin und wieder kraulte sie beruhigend das grauweiße Fell des Esels, der ihr seit ihrer Kindheit vertraut war; vor vielen Jahren hatten ihn ihre Eltern von einem Nachbarn gekauft.

Als der Glanz der Sterne erlosch, hatten sie hundert Stadien zurückgelegt, eine gute Strecke Weges, aber nicht weit genug für Gehetzte. Sobald es hell wurde, mussten sie sich verstecken. Joseph hörte nur flüchtig auf Mirjams Worte, als er den Druck ihrer Hand auf seiner Schulter spürte und sie ihm zuflüsterte, sie habe gerade an Asarel und seine Gefährten, die Hirten, denken müssen. „Sie werden sich fragen, wo wir sind. Sie wissen ja nicht, warum wir so überstürzt aufbrechen mussten", raunte sie bekümmert. „All die Monate haben sie uns zur Seite gestanden. Und nun …"

Joseph vergaß für einen Augenblick seine Unruhe. Liebevoll neigte er seine Stirn gegen die ihre und legte einen Arm um sie. „Ich verstehe dich", murmelte er. „In unseren Gebeten wollen wir an sie denken! Mehr können wir nicht tun. Und nun müssen wir ein Versteck suchen. Die Sonne wird bald aufgehen."

In der ersten Woche verließen sie sich ganz auf die Sicherheit, die sternenklare Nächte ihnen boten, obwohl sie nur langsam vorankamen, Aber es half nichts; bei Tageslicht war die Gefahr der Entdeckung zu groß. Nur ein einziges Mal in diesen ersten Tagen ihrer Flucht ging Joseph das Wagnis ein, im Schutz hoher Felsen am Rand einer versteckten Lichtung, auf die sie zufällig gestoßen waren, ein Feuer zu entfachen. Es war bitterkalt, und seit Tagen hatten sie nur Gerstenbrot, etwas Obst und eine Handvoll Oliven zu sich genommen. Während Mirjam das Kind versorgte, füllte Joseph einen Topf voll Wasser, schüttete Bohnen hinein und hängte ihn an einer Stange über das glimmende Feuer. Er sprach ein Gebet, dann stillten sie ihren Hunger und tranken von dem warmen Wasser. Die rote Glut unter der weißen Asche der Holzscheite war eine Wohltat; den größten Teil dieser Nacht verbrachten sie am Feuer und flüsterten leise miteinander.

Hatten sie genügend Wasser in den Schläuchen? Konnten sie darauf hoffen, in der Wüste auf Zisternen zu treffen? Noch sahen sie Steineichen und wilde Olivenbäume an ihren Wegen, aber je mehr sie sich dem Ufer des Salzmeeres näherten, das zu ihrer Linken lag, desto kahler und baumloser wurde die Landschaft. Unheimlich war die Stille, fast greifbar, schwer erträglich die schwüle, schweißtreibende Hitze. Flammende Sonnenuntergänge wurden ihnen jeden Abend geschenkt, ein tröstliches Zeichen, dass wieder ein Tag im Schutz des Allerhöchsten vergangen war. Aber jeder neue Tag erinnerte sie auch daran, dass neue Gefahren auf sie lauerten: Giftschlangen oder Sandstürme konnten ihr Leben bedrohen. Dass sie hier noch gesucht wurden, war nicht mehr zu befürchten. Wozu der Aufwand, wozu die Mühe, Soldaten auszuschicken?! Wer diesen Fluchtweg nahm, war so gut wie tot!

Nun suchten sie bei Tage ihren Weg nach Süden. In den Stunden, wenn die Hitze allzu unerträglich wurde, rasteten sie und versuchten, im Schatten von Felsbrocken etwas Ruhe und Schutz vor der Glut zu finden. Wie trostlos war die Stille hier! Wann würde sie wieder Vogelgesang wecken? Manchmal sahen sie Spuren von Hyänen.

Dann blickte Joseph häufiger als gewöhnlich hinter sich, und wenn es an der Zeit war, einen Schlafplatz zu finden, prüfte er die Umgebung besonders gründlich, und es kam vor, dass er unentschlossen herumging und sich nicht entscheiden konnte. War es besser, noch eine Stunde zu gehen?

Bei aller eigenen Sorge vergaßen sie nicht die drei Männer und ihre Diener, die aus so unbegreiflich fernen Ländern aufgebrochen waren, gerufen von einer Verheißung, die sie alles hatte aufgeben lassen. Wie musste der Allerhöchste diese Männer lieben! Wenn Mirjam und Joseph ihre Arme erhoben und Jeshua, ihren Sohn, und sich selbst vor dem Schlafengehen Gottes bergenden Händen anvertrauten, baten sie auch um Schutz für die Hirten auf den Feldern von Betlehem und für die Fremden, die in wenigen Stunden ihre Freunde geworden waren.

Und ein dankbares Lächeln lag in Mirjams Augen, wenn sie sich daran erinnerte, wie sie geduldig versucht hatte, die fremden Namen nachzusprechen. Baltasha. Gaspar. Malkyor. Wo sind sie jetzt? Gewiss denken sie auch an uns. Wir haben es uns versprochen.

Unter regenschweren Wolken und bei drückender Hitze hat der Zug der Männer über Salmona und Jotbata die Hafenstadt Elat erreicht. Der Lärm in den Gassen, vor den Lagerschuppen und Laderampen steht in scharfem Gegensatz zu der Stille der Wüste. Aber die brodelnde Geschäftigkeit ist ihnen nicht lästig: Hier sind sie in Sicherheit. Sie sind dem Zorn des Königs entkommen, die Wüste liegt hinter ihnen. Die Segel des Handelsschiffes sind gesetzt. In einer Stunde, hat man ihnen bedeutet, wird es auslaufen. Die Reit- und Lastkamele liegen unter den Augen der Diener im Heck des Zweimasters an ihren Plätzen. Gedankenverloren stehen Baltasha, Malkyor und Gaspar an der Reling und schauen den Matrosen bei ihrer Arbeit zu. In drei Monaten werden sie daheim sein. Wo mag das Kind mit seinen Eltern sich jetzt befinden? Und wie in diesem Augenblick werden sie sich jeden Tag an das Kind und seine Eltern erinnern.

Aus der Nähe betrachtet waren sie recht groß: hoch aufgeschichtete, pyramidenförmige Steinhaufen, die zum Horizont hin für das suchende Auge immer kleiner wurden. Joseph musste Mirjam ihre Bedeutung nicht erklären. Sie unterdrückte einen Freudenschrei und hörte erst dann aufmerksamer seinen Worten zu, als er von dem uralten Brauch sprach, aus Dankbarkeit für die Wegweisung noch einen Stein darauf zu legen. „Seit Menschengedenken tut man das", sagte er. „Es ist ein ungeschriebenes Gesetz, das jeder von Herzen gern erfüllt. – Schau!" Seine Hand deutete nach Süden. „Sie sind so ausgerichtet, dass man immer schon den nächsten erkennen kann. Wenn es sie nicht gäbe ..."

Mirjam bedachte sich einen Augenblick, dann bemerkte sie: „Auch unsere Väter waren heimatlos – damals. Sie haben auf den Allerhöchsten vertraut. Und er hat sie geführt. An jedem Pascha erinnern wir uns daran. Wir müssen nicht alles verstehen. Und jetzt, Joseph", sie lächelte ihn an, „suchen wir nach Steinen, ja?"

Hunderte solcher Steinhaufen wiesen ihnen den Weg durch die Wüste. Auf die gleiche Weise fanden sie in den Nächten Unterschlupf in bewohnbaren Höhlen, ein sicherer Schutz vor Hyänen und Schlangen, die Joseph besonders fürchtete. Unübersehbare Hinweise auf diese Höhlen, die in engen Schluchten oder Wadis versteckt lagen, waren ungewöhnlich große Steinhaufen, die in einer langen Reihe genau auf sie zuliefen. Manche dieser Behausungen waren auffallend groß und nicht selten für eine Nacht oder länger bewohnt.

Und auch das gehörte zum ungeschriebenen Gesetz dieser Todeslandschaft: Hier fragte niemand den anderen nach seinem Woher und Wohin, es sei denn, er sprach von sich aus über sein Geschick, das ihn hergebracht hatte. Alle waren sie Verfolgte, Leidensgenossen, die sich bedingungslos aufeinander verlassen konnten. Gemeinsam teilten sie, was sie hatten. „Gelobt seist du", beteten sie bei ihren Mahlzeiten, „Ewiger, unser Gott, König der Welt, der du Brot aus der Erde hervorbringst. Deine Güte reicht, soweit der Himmel ist." Mirjam neigte sich dazu und betete still: „Gepriesen seist du, Herr, unser Gott, durch dessen Wort alles geworden ist."

Hier hörten sie auch zum ersten Mal von den Karawanen, die sich in der uralten, Geheimnis umwitterten Felsenstadt Petra für den langen Weg an den Nil sammelten. Als Königin aller Karawanenstädte war sie durch die dort lebenden Händler und Kaufleute zu ungeheurem Reichtum gelangt. Über dem rostfarbenen Bergmassiv der Stadt erhob sich mit seinen beiden Gipfeln der berühmte Berg Hor, der, sobald man das Salzmeer hinter sich hatte, weit in der Ferne am südöstlichen Horizont sichtbar wurde. Wenn man ihn erblickte, war das Schlimmste überstanden.

Die raue Schönheit der engen Steilfelsen, zu deren

Füßen sie in den Talkessel gelangten, in dem die Stadt versteckt lag, machte sie sprachlos. An ihren Mauern und Tempelanlagen vorbei fragten sie sich nach dem großen Rastplatz durch. An seinem Rand suchten sie nach einer ruhigen Stelle, wo sie aßen und tranken und ein wenig die Augen schlossen, zutiefst erleichtert, hier angekommen zu sein.

Nachdem Joseph sich vergewissert hatte, dass er Mirjam und das Kind ohne Bedenken für eine Weile allein lassen konnte, schlang er das Halfter des Esels um die Zweige eines Strauches. „Ich bin gleich wieder zurück", sagte er. „Ruhe noch ein wenig, Mirjam. Du siehst müde aus."

Sie griff stumm nach seiner Hand und drückte sie. „Sorge dich nicht", erwiderte sie. „Mir geht es gut."

Nach kaum einer Stunde war er zurück, seine Augen strahlten. „Morgen brechen wir auf", rief er. „Morgen in aller Frühe. Es ist eine große Gruppe."

Dreimal feierten sie das Paschafest im Exil, fern der Heiligen Stadt, die Gott, der All-Heilige selbst, einst bei ihrem Namen gerufen hatte. „Nächstes Jahr in Jeruschalajim!" Unzählige Male hatten Joseph und Mirjam schon als Kind dieses Wort gehört. Hier im fremden Land wuchs die brennende Liebe noch. Wenn ich dich je vergesse, Jeruschalajim, wenn ich an dich nicht mehr denke …

„Schalom, Joseph, Sohn Davids! – Steh auf, nimm das Kind und seine Mutter und zieh in das Land Israel. Denn die Leute, die dem Kind nach dem Leben getrachtet haben, sind tot …"

Epilog

Jeruschalajim, 9. Tischri

Mein Sohn,
es ist geschehen, was Israel in Jahrhunderten erhofft und erbetet hat. Gepriesen sei der All-Heilige, der mich am Leben erhalten hat bis zu diesem Tag. Viele Sommer sind ins Land gegangen, seit Du mich verlassen hast, um Deinen Geschäften im Ausland nachzugehen.

Wann wirst Du heimkehren mit Esther, Deiner Frau, und meiner Enkelin Susanna, dem Licht meiner Seele? Komm nach Haus, mein Sohn, komm zurück in das Land Deiner Väter, und preise mit mir den Herrn, der in Treue seiner Verheißungen gedenkt. Meine Hände zittern und meine Augen sind schwach, denn ich bin ein alter Mann. Darum fällt es mir schwer, Dir mit eigener Hand zu schreiben. Doch was ich Dir zu berichten habe, mag ich keinem Schreiber anvertrauen, obwohl ich es am liebsten von den Dächern rufen würde. Dinge haben sich ereignet, die den Gang der Welt verändern werden.

Der Meschiah ist da! Freue Dich mit mir und erhebe jubelnd Deine Stimme, denn auch Du bist ein Sohn Israels. Als Du ein kleiner Junge warst, hocktest Du gern auf dem Teppich zu meinen Füßen und hörtest mir zu, wenn ich zu Dir vom Allmächtigen sprach, an den wir als Abrahams Kinder und Erben der Verheißung allein unter allen Völkern glauben. Ich will Dir alles erzählen! Vieles wurde mir zugetragen. Manches andere habe ich selbst herausgebracht. Doch alles musste heimlich geschehen.

Etwa drei Jahre vor dem Tod des Herodes waren fremde Männer auf Kamelen nach Jeruschalajim gekommen, aus

Bharata, wie es hieß, einem entlegenen Land im Osten, dessen Grenzen vom großen Meer umspült werden. Der All-Heilige hatte die Sehnsucht nach einem Erlöser auch in ihre Herzen gesenkt und sie so auf sein Kommen vorbereitet. Sie besaßen die kostbare Gabe der Weisheit, die nach unseren Schriften ein Hauch der Kraft Gottes und ein Abglanz des ewigen Lichtes ist.

Am Schaftor fragten sie die Wächter: „Wo ist der neugeborene König der Juden? Wir haben seinen Stern aufgehen sehen und sind gekommen, ihm zu huldigen." Dann baten sie um Audienz bei Herodes, der sie nach Betlehem sandte, nachdem er unsere Priester befragt hatte. Wenige Tage später ließ er dort alle Knaben bis zu zwei Jahren durch seine gallische Leibwache töten.

Nein, entsetze dich nicht, mein Sohn! Herodes hat dieses Kind nicht umgebracht. Wie kann der Höchste unser Joch zerbrechen, wenn es tot wäre? Nein, es lebt! Der Allmächtige selbst hat eingegriffen, um das Kind vor dem Zugriff des grausamen Monarchen zu retten. Das ist mein fester Glaube, das ist meine Zuversicht. Wohl immer muss erst tiefe Nacht sein, ehe die Menschen sich nach Licht sehnen. Was ist ein Mensch ohne Hoffnung? Ein Brunnen ohne Wasser!

Herodes, der Bluthund, ist tot. Mehr als dreißig Jahre sind seitdem vergangen. Er war wie ein Tollwütiger, seine Grausamkeit steigerte sich ins Unermessliche. Siebzig Jahre dauerte sein abscheuliches Leben, bis eine fürchterliche Krankheit ihm den Tod brachte. Man erzählte sich noch lange nach seinem Begräbnis, er sei gestorben wie ein wildes Tier. Auch die warmen Quellen von Callirrhoe am Nordostufer des Salzmeeres hätten seine schrecklichen Schmerzen nicht zu lindern vermocht. Ja, es ist wahr: Gott lässt Seiner nicht spotten! Wer könnte das je vergessen?

Herodes ist tot, aber andere Tyrannen sind an seine Stelle getreten. Und sind sie auch weniger heimtückisch als der idumäische Sklave, dieser Sohn Esaus, so spüren wir doch ihre harte und erbarmungslose Faust. Wie Feuer unter der Aschenglut der Verbitterung und des Hasses schwelt unsere Hoffnung auf Befreiung. Seit einem Jahr leben wir nun unter der Knute des Prokurators Pontius Pilatus; ohnmächtig und hilflos, im Stich gelassen selbst vom Nasi Kajaphas, der sein heiliges Amt nur erhalten hat, weil die römische Besatzungsmacht es so wollte. Welch ein Feigling! Welch ein Narr! Warum tut er nichts? Warum schweigt er? Sieht er nicht, was geschieht? Nein, seine Augen sind blind, seine Ohren sind taub und sein Herz ist kalt wie der Gipfel des Hermonberges. Darum hat der Höchste uns gestraft und uns unter das Joch eines römischen Ritters gestoßen, uns zu Sklaven von Heiden gemacht, die uns ausbeuten und unseren Sitten Hohn und Spott entgegenbringen. Er hat es zugelassen, und seinem unerforschlichen Willen haben wir uns zu beugen, dass in seinem Tempel täglich ein Rind und zwei Lämmer als Opfer für den römischen Kaiser dargebracht werden.

Du kennst die Münzen mit dem Bild des Caesar und der widerwärtigen Umschrift. Dieser verbitterte, misstrauische alte Mann! Was maßt er sich an? Glaubt er wirklich, der Herr der Welt zu sein auf seiner Insel im Tyrrhenischen Meer, auf die er sich zurückgezogen hat? Ein Nichts ist er, unwissend und ohne Verstand wie alle Götter Roms.

Anbetungswürdig ist allein der Allerhöchste – Er allein, der da sprach und es wurde die Welt und alles, was auf ihr erschaffen ist. Eines Tages wird Er den römischen Adler mit dem Hauch seines Mundes töten. Er ist der Erste, Er ist der Letzte; außer ihm gibt es keinen Gott.

Viele Nächte hat es in all diesen Jahren gegeben, in denen ich wach lag. Auch jetzt, da ich Dir diesen Brief schreibe, weicht eine schlaflos verbrachte Nacht einem neuen Tag. Die Posaunenstöße vom Tempel haben zum Gebet gerufen. Ich müsste mich nun in den Tallith hüllen und meine Hände erheben, um den Herrn zu preisen. Doch es gibt Tage, an denen ich mich gegen Mutlosigkeit wehren muss, und dennoch erfüllen sie mich, wenn ich die Augen erhebe und die Zinnen des Tempels erblicke.

Nur der Gedanke an das Kind, das jetzt ein Mann ist und unter uns lebt, stärkt meine Zuversicht, dass menschliche Tyrannei uns nicht überwinden kann. Seit er geboren ist, ist es nicht mehr dunkel um uns. Gott hat uns nicht vergessen. Lüge und Bosheit und Unrecht wird er mit seiner Hand zerbrechen wie einen dürren Stock und wahrmachen, was Jesaja sagt: „Jeder Stiefel, der dröhnend daher stampft, jeder Mantel, der mit Blut befleckt ist, wird verbrannt, wird ein Fraß des Feuers."

Auf die Erfüllung dieser Verheißung setze ich meine Hoffnung. Hoffnung kann doch nicht immer bloße Hoffnung bleiben! Aber Glaube heißt auch Vertrauen. So muss es uns genügen, dass er allein die Stunde kennt; aber gewiss ist auch, dass er von uns erwartet, dass wir die Zeichen erkennen. Lesen wir nicht immer wieder in der heiligen Schrift: „Israel, ich vergesse dich nicht ... Wenn du durchs Wasser schreitest, bin ich bei dir, wenn durch Ströme, dann reißen sie dich nicht fort. Denn ich, der Herr, bin dein Gott; ich, der Heilige Israels, bin dein Retter."

Nein, ich wiederhole es: Es ist keine irrige Hoffnung, wenn ich an das Kind denke, das damals auf wunderbare Weise dem Tod entkam. Denn es gibt diese Zeichen! Die Menschen erzählen von einem Mann, einem Priestersohn, der bei Bethabara am Jordanufer zur Umkehr ruft und von sich sagt: „Ich bin die Stimme, die in der Wüste ruft: Ebnet den Weg für den Herrn! Er, der nach mir kommt, ist stärker als ich. Er ist mir voraus, weil er vor mir war. (Rätselwort!) Ich bin es nicht wert, mich zu bücken, um ihm die Sandalen aufzuschnüren. Und alle Menschen werden das Heil sehen, das von Gott kommt."

Mein Sohn, ist der Jordan nicht mit vielen Ereignissen unserer Geschichte verbunden? Höre weiter! Zur Zeit des Frühlings, als gerade die Blüten des Mandelbaumes aufgebrochen waren, zogen die Leute von Jeruschalajim, aus Judäa und der Gegend um den Jordan zu Jochanan (so heißt er) hinaus. Sie bekannten ihre Sünden und ließen sich im Wasser des Jordan von ihm taufen. Die Furt liegt an der Handels- und Pilgerstraße, und so kommen Tausende.

Verstehst Du, dass unser betrogenes und zerschlagenes Volk ihm nachläuft? Worauf die Propheten gewartet haben, erfüllt sich! Welch heilige Botschaft des All-Heiligen, der am Sinai seinen Bund mit uns geschlossen hat! Aber sie verlangt auch unsere Entscheidung, unsere Umkehr, unseren guten Willen. Die Welt kann uns Geborgenheit und Heil, Gerechtigkeit und Frieden nicht schenken. All das finden wir nur, wenn wir uns an ihn halten. Ich klage mich an, nicht immer danach gehandelt zu haben. Nicht immer habe ich seinen Willen erfüllt. Ich wollte tun, was recht ist, und habe doch versagt. So will ich heute vor seinem heiligen Angesicht Herz und Haupt beugen und Vertrauen und Gehorsam erneuern.

Und Dich, mein Sohn, beschwöre ich: Höre nicht auf die Worte der Welt, die Dir Freiheit und Glück versprechen. Folge vielmehr den Geboten des Herrn! Halte treu den Glauben Deiner Väter und liebe den Herrn, Deinen Gott, mit ganzem Herzen, mit ganzer Seele und mit ganzer Kraft. Diese Worte sollen in Dein Herz geschrieben sein. Du sollst sie Susanna, Deiner Tochter, wiederholen und von ihnen reden, wenn Du zu Hause sitzt, wenn Du auf der Straße gehst, wenn Du Dich schlafen legst und wenn Du aufstehst. Du sollst sie als Zeichen um das Handgelenk binden. Denke immer daran!

Der heraufdämmernde Tag wird kalt und nebelverhangen, doch mein Herz ist im Frieden. Diesen Frieden und den Segen des All-Heiligen wünscht auch Dir und den Deinen

Dein Vater

Glossar

Adonai, hebr. „mein Herr", ehrfurchtsvolle Umschreibung für Jahwe, Gott

Analaitivu, Ort auf einer Insel im äußersten NW Lankas

Anuradhapura, bis 993 n. Ch. politisches und religiöses Zentrum von Lanka

Augustus, C. Octavius, 63 v. Chr.–14 n. Chr., erster röm. Kaiser

Arikamedu und *Kamara,* Tempelstädte an der indischen Ostküste

Antipater, der erstgeborene Sohn von Herodes dem Großen

Aya, Bezeichnung für den Kronprinzen des Reiches

Barygaza, heute: Broach

Baveru, heute: Babylon

Berenike, wichtige Hafenstadt am persischen Golf

Berytos, heute: Beirut

Bharata, heute: Indien

Bhatrikabhaya, Radscha von Anuradhapura (19 v. Chr. – 9 n. Chr.)

Botha, heute: China

Burdigala, heute: Bordeaux

Champaka-Baum, eine Magnolienart

Cochin, Stadt in Südindien an der Malabarküste

Chorazin, heute: Khirbet Kerazeh, Dorf im Norden des Sees Genezaret

Dioskurides, heute: die Insel Socotra

Esala, der vierte Monat im singhalesischen Kalender (Juli)

Ganadarna, antike Gottheit in Lanka

Gawwa, altes Längenmaß, entspricht etwa 4 Meilen

Ghee, Butterreinfett, Butterschmalz

Hegemon, griechisch: Führer, Machthaber

Herodes der Große, König von Judäa (37 – 4 v. Chr.)

Himavant, heute: Himalaya

Iskander, Alexander der Große (356–323 v. Chr.)

Joddhapura, heute: Jaipur

Karaki, heute: Karachi

Khan, Karawanserei

Komarei, heute: Kanyakumari an der indischen Südküste

Kosha, (pl.) altes indisches Längenmaß, entspricht etwa einer Meile

Kostuswurzel, (Saussurea costus) Königswurz, ind. Heilpflanze

Lanka, heute: Sri Lanka

Malajavara, heute: Die Malabarküste im SO Indiens

Mantai, wichtiger antiker Verbindungshafen zur indischen Küste

Mariamne I., Gemahlin des Herodes, Hasmonäerin

Massilia, heute: Marseille

Medin, singhalesischer Monat (Februar / März)

Mihintala, heiliger Berg bei Anuradhapura

Muziris, alter südindischer Seehafen und Stadt im Gebiet des heutigen Kodungallur

Myos Hormos, wichtiger Handelshafen des römischen Imperiums am persischen Golf im heutigen Ägypten

Nallur, Hauptstadt des Reiches Yalpanam

Narmada, (Nerbudda) einer der hl. Flüsse Indiens, der von Zentralindien ins Arabische Meer fließt

Nawam, singhalesischer Monat (Januar / Februar)

Nelkynda, Stadt in Südindien, 500 Stadien südl. von Muziris

Nisannu, der erste Monat nach dem babyl. Kalender (April)

Orontes, heute: Nahr al-Asi, fließt durch Libanon, Syrien, Türkei

Osthanes, (um 400 v. Chr.) chaldäischer Astrologe und Alchemist

Petra, Stadt im heutigen Jordanien, antike Hauptstadt des Reiches der Nabatäer (seit 3. Jh. v. Chr.)

P. Sulpius Quirinius, (45 v. Chr.–21 n. Chr.), Statthalter von Syrien

Radscha, „König", „Fürst", Titel der Herrscher von Indien und Lanka

Rani, weibliche Form von Radscha

Rishi, im Hinduismus ein Heiliger, Einsiedler, Weiser

Rhodanus, heute: der Fluss Rhône

Sarthavaha, Karavanenführer

Sikarier, militante jüdische Gruppe der Zeloten („Dolchträger")

Simlah, mantelähnlicher Umhang

Sindhu, heute: Indus

Sippar, heute: Tell Abū Habbah, Stadt und antike Sternwarte am Euphrat, 60 km nördlich von Babylon

Surashtra, heute: Surat, Hafenstadt in Nordindien

Tadmor, heute: Palmyra, antike Wüstenstadt am Schnittpunkt der Weihrauchstraße aus dem Jemen und der Seidenstraße aus Asien

Takshasila, heute: Taxila, historische Hauptstadt des Reiches Gandhara

Tallith, jüd. „Gebetsmantel", ein viereckiges Tuch mit Fransen

Tischri, nach jüdischer Zeitrechnung der erste Monat (September / Oktober)

Tolosa, heute: Toulouse

Ululu, der sechste Monat im babylonischen Kalender (August / September)

Ur, sumerischer Stadtstaat am Euphrat, entstanden um 4000 v. Ch.

Vijaya, Fürst von Gujerat im Südosten des Indusdeltas (um 483–445 v. Chr.)

Wesak, der zweite Monat im singhalesischen Kalender (Mai)

Yalpanam, Reich im Nordwesten von Lanka, heute: Jaffna

Zeloten, paramilitärische jüdische Widerstandsgruppe gegen die röm. Besatzung

Salam Shalom

Alan Ames

Mit John King, einem jungen Amerikaner, reisen wir ins Heilige Land. Der Gegensatz von Liebe und Gewalt kennzeichnet seinen Aufenthalt und macht uns – durch die Augen Gottes – neu bewusst, was heute wirklich vor sich geht und wie die Lösung des Nahostkonflikts aussieht.

208 Seiten, gebunden

Von Betlehem nach Greccio

P. Gottfried Egger OFM

Wie erlebte der hl. Franziskus Weihnachten? Alte franziskanische Schriften beschreiben seine Liebe zum armen Jesuskind, die ihn zur Krippenfeier in Greccio inspirierte. Diese Feier begründete die Tradition der heutigen Weihnachtskrippe.

48 Seiten, geheftet

Der Fürst aus Davids Haus

J. H. Ingraham

Dieser Roman spielt in der Zeit Jesu. Adina, eine junge Jüdin, schreibt ihrem Vater Briefe über die Ereignisse um Jesus, die sie miterlebt. Diese lassen die Atmosphäre vor und nach Ostern lebendig werden, in der die ersten Christen mutige Entscheidungen für Christus getroffen haben.

320 Seiten, gebunden

MiriaM-verLag

Brühlweg 1 · D-79798 Jestetten

Telefon: 0049 (0) 77 45 / 92 98 - 30
Fax: 0049 (0) 77 45 / 92 98 - 59
E-Mail: info@miriam-verlag.de
Internet: www.miriam-verlag.de